정신머리

민음의 시 ● 319

정신머리

박참새 시집

민음사

자서(自序)

내가 나의 아군이라면

2023년 12월
박참새

차 례

0

수지

수지를 키울 때 그랬다

우리는 수지에게 당분간 죽어서는 안 된다고 신신당부했다. 23년짜리 연금보험을 들어 놨단다 수지야 늙은 수지는 일을 안 해도 될 거야 그냥 먹고사는 인생이 될 거야 톡톡히 가르쳤다. 수지는 우리의 양육 방식을 납득할 수 없었다. 수지는 다소 신경질적인 데다가 삶에 대한 의지가 다부진 것도 아니었기 때문에 부러 부주의하게 굴다가 기록적인 사고에 노출될 수도 있는 거고 모르는 아저씨가 과자를 사 준다고 하면 자신의 치마를 벗길 걸 알고서도 따라갈 애였다. 무엇보다 수지는 지금 가난했다. 돈이 필요한 사람은 늙은 수지가 아니라 매일을 소모하는 방식으로 견디는 애늙은 수지였다. 수지는 보장된 미래를 갖고 있는, 곧 마무리될 현재였다.

수지를 키울 때 그랬다. 내 삶 갈아서 만든 이 돈 어떻게 하면 최대한 덜 뺏기면서 수지에게 물려줄 수 있을지 매일 고민했다. 고민하다 보면 답이 없고 답이 없으면 짜증이 나고 짜증이 나면 수지를 때렸다. 수지는 훌륭한 울보였다. 찍소리도 없이 정말 많이 울 줄 알았다. 덕분에 나는 늘 떳떳한 양육자일 수 있었다 공적으로도 수지가 어떻게 죽지 않고 마흔세 살이 되었을 때 수지는 정말 일을 하지 않아도 괜찮았다. 노력하지 않아도 살 수 있다는 것을 노력했어야 할 때부터 알고 있었기 때문에 노련한 한량처럼 수지는 능숙했다. 매달 적지 않은 돈이 수지의 통장에 꽂혔다. 미래를 설계하는 재능이 뛰어났던 내가 늙을 수지를 위해 달마다 육백만 원의 연금 보험료를 납부했기 때문이다. 수지는 육백만 원을 벌어 본 적도 없는데 언제나 주거래 은행의 VIP였고 직원들은 처음 보는 수지를 깍듯이 대했다. 마흔 초반의 수지는 칠십 노인처럼 인생을 은퇴한 듯 굴었다. 매일 자고 매일 먹고 매일 움직이지 않았다. 수지는 탁월한 지휘자들의 거대한 연주에서 잘 조율된 악기처럼 틀려도 들키지 않을 정도의 소음만 만들며 살았다.

수지는 [KEB 하나은행 종신형 방카슈랑스 생명보험 ||]의 계약이 종료되기 이틀 전 조력사로 사망했다. 죽어 가는 수지는 수지로 태어난 게 모든 문제의 시작이었다는 걸 이제야 알겠다고 말하면서 눈물을 뚝 뚝 흘렸다. 돈을 벌지 않아도 됐던 수지, 어디로도 출근하지 않아도 괜찮았던 수지, 밖에 나가 험한 꼴 당하는 사회생활 같은 건

꿈에서도 나올 일이 아니었던 수지, 그래서 늘 공상하며 환각 하느라 세상에는 관심도 없었던 수지, 23년 후의 지수만을 믿으며 허송세월하였던 수지. 나는 파트너의 손을 잡으며 말했다, 우리 정말 훌륭한 양육자였어, 여자인 수지가 살해당하지 않고 강간당하지 않고 취업난에 시달리거나 시달려서 취직해도 왕따에 성희롱 온갖 사소한 일들에 휘말리지 않아도 됐고 결혼하지 않아도 됐고 많은 남자를 만나지 않아도 됐고 여자를 믿지 않아도 됐고 오로지 23년 연금만 생각하면서 오늘은 괜찮아 더 낭비스러운 내일이 있을 테니까 하며 제멋대로 밤낮을 바꾸고 이사를 거듭할수록 더 크고 더 최신의 집을 갖게 됐고 큰 병도 큰 사고도 없이 심지어 우아하게 자신의 죽음을 선택하고 목격할 수 있었다는 게 정말 너무 감동적이지 않니. 내 손을 잡은 파트너가 달콤한 목소리로 말한다, 맞아 정말 그래, 우리는 환상의 팀이었어 자기가 벌고 나는 벌리고 자기가 계산하고 나는 계획하고 자기가 협박하는 동안 나는 달렸지. 우리의 수지가 미치지 않을 수 있었던 건 우리의 돈으로 가난을 미리 면제해 주었기 때문이야 티 하나 없이 생활 기스 하나 없이 깨끗한 우리의 수지를 봐, 수지는

정말 행복했을 거야 이 시대 최고의 행운아였을 거야 일
하다가 죽는 사람이 매일 있는 이 나라에서 수지는 아예
일을 안 해도 괜찮았잖아 수지는 장수한 거야 자연스러운
삶을 살았던 거야 정말 대견하다 우리 수지 우리 수지 정
말 사랑해 다시 태어나도 우리 딸 하자 알았지 수지야 우
리 예쁜 수지 정말 정말

    잠자는 신축 아파트의 지수
    건방진 조력사였지
    지수는 졸려
    지수는 잘 거야
    잠만 잘 거야
    자연사할 거야

양육

돈을 못 벌어서 미안해 미안해서 울었다 울면서 화해하자는 편지를 썼다 쓰고 나서는 엄마에게 주면서 엄마 이거 엄마가 대신 전해 줘 말했고 말 없는 엄마는 오래 잠깐 쳐다보았고 나 그 눈 피하지 않았고 귀여운 엄마 언제 이렇게 늙었지 같이 살 날 남은 인생이 짧겠구나 생각하며 과하게 필요 이상으로 사실은 안 그래도 되는데 알지만서도 하루하루 세게 되는 고양이 강아지 같아 그렇다면 내가 이 고양이 강아지 키워야 하는데 마음만 크고 머리는 무거워서 사람 구실을 못 한다 때때로 창피한 일 속상하는 일 부당한 걸 니만 모르는 일 답답한 일 징그럽고 멍청한 일 옷 벗기고 벗는 일 복수하고 싶은 일 죽어서도 잊기 싫은 일 뭐 그런 것들 네네 알겠습니다 죄송합니다 고개 허리 숙이며 그래 이참에 스트레칭이다 생각하며 훌훌 털고 내 새끼들 먹여 살려야지 그 생각만 하며 하루 이틀 견디다 보면 어느새 나도 육십 그러다 나의 고양이 강아지 들이 또 저들의 고양이 강아지 업어다 키워 먹여 살리는 것일 텐데 출발부터가 잘못이다 단추부터가 꼬였다 이 가디건은 처음부터 망했어요 그냥 다시 짜죠 내게 코바늘 인내 있게 가르쳐 주던 선생님 인자하게 웃으며 말렸지 또 틀릴 것 같은데 어떡하죠 나는 당장 그만하고 싶은 얼굴로 말했지 괜찮아요 그땐 내가 봉합할게요 인생을 건 대수술을 하는 거예요 다독이는 선생님 아냐 난 그래도 할 수 없어 고개를 휘저으며 묻는다 선생님 완제품은 얼마예요 완제품을 주세요 저는 가격을 믿어요

기적을 믿냐고요?

아니요 가격이요

가격을 믿냐고

가능하다면 그래야지 격에 맞춰서 갚아야지 내가 널 키우느라 접힌 뼈대가 몇 갠데 내가 널 만들려고 짜 놓은 계획이 있는데 감히 감히 그럴 수는 없지 망해서는 안 되지 돌아갈 수도 없어 꼬인 채로 나가 나가서 교환을 하든 도둑질을 하든 뭘 해서라도 완성한

연두색 원피스 분홍색 가디건

레이스도 꽃도 단추도 있어 정말 진짜 같지 돈 주고 산 것 같지

우리 엄마는 어릴 때 내가 입을 옷을 전부 다 뜨개질로 만들어 줬어

나는 사실 그게 창피했어

건축

"파이드로스,
글에는 그림처럼 불가사의한 힘이 있다네.
그림으로 그려 놓은 것들은 마치 살아 있는 존재처럼 보이지.
하지만 자네가 어떠한 질문을 해도 그들은 무겁게 침묵만 지킨다네.
글도 마찬가지야. 자네는 글이 지성을 갖추고 있는 것처럼 생각할지
모르나, 자네가 그 내용이 알고 싶어 물어보면, 글은 매번 하나의
메시지를 반복해서 들려줄 뿐이지."
— 플라톤, 「파이드로스」

너는 생각한다. 너는 집을 짓고 싶다. 너는 집을 짓는다는 일에 대해 근본적으로 고민하기 시작한다. 이윽고 너는 아주 기본적인 난관에 부딪히게 된다. 너에게 부족한 것이, 가지고 있지 않은 것이, 곧 결여된 것이 너무나도 많다는 사실을, 배우기 시작한 것이다. 너에게는 자본이 없다. 너에게는 땅이 없다. 너에게는 실리적인 재료도, 그것을 활용할 능력이나 재능, 미적인 감각도 없다. 너에게 있는 것은 오로지 집이 결여되어 있다는, 그 감각뿐이다. 너에게 유일한 것은 집을 갈망하는 욕망뿐이다. 너는 집이 필요하다. 너는 집이 갖고 싶다. 너는 하지만 포기할 줄 알아야 한다, 없을 수 있다는 것에 대해, 그 가능성 — 동

시에 불가능성 — 이 유일한 재산이라는 것을, 받아들여야 한다. 네가 있는 이곳은 광활한 동시에 협소하고, 구체적이면서도 모호하여 소속감을 느끼지 못한다. 네가 자리한 이곳은 발이 닿을 것 같다가도 한 발 한 발 내디딜수록 그 깊이가 더욱 깊어져 허우적대기 십상이고, 도움 구할 주변도 없어서 앞으로 나아가기가 어렵다. 너는 혼자가 아니지만 절대로 같이일 수는 없으며, 함께 살아간다는 감각은 있지만 그것을 경험한 적은 없다. 너는 이 사건들의 모든 총체이며, 과거이자 기억인 이 시간들은 너의 미래를 결정하게 될 것이다. 너는 집에서 살 것이다. 너는 집을 짓게 될 것이다. 네가 가진 유일한 재료이자 소재인 것으로. 너에게는 말이 있다. 오로지 언어일 뿐인, 너에게만 머무를 뿐인, 그저 그뿐인, 동시에 전부라 버릴 수도 외면할 수도 없는, 때로는 연결을 위한 유일한 수단이면서 단절을 초래하는 단 하나의 종말이기도 한, 오로지 말. 그리하여 너는 말로써 지은, 말의 집에서, 살 것이다. 너는 너만의 말로 지은 말의 집에서 홀로 살 것이다. 너는 갇히지도 자유롭지도 않은 상태로, 탈출도 방생도 못 한 채로, 이동도 거주도 불편한 상황을 자초하며, 아름다우며 기괴한 말의 집에서, 그것에 의지하고 외면당하며, 그곳에서, 홀로 살 것이다. 너는 홀로 살며 늙을 것이고 끝을 볼 때까지 늙을 것이고 이따금 모든 것을 포기하고 싶어서 발버둥칠 것이다. 네게 주어진 유일한 집을 저주라고 느낄 수도 있을 것이다. 그곳에서 너는 극단적이라고 느끼는 일은 단 하나도, 시도해 보지도 성취해 보지도 못할 것이다. 그 집에 있는 너는 그 집에 있을 뿐이며 영원히 그 안에서만 머물게 될 것이다. 네가 오로지 할 수 있는, 해야만 하는 유일한 작업은 그 집을 더욱 튼튼하게 만드는 것이다. 너는 많은 것을 포기하고, 때로는 선택하고 떠넘기며 이 집을 지었다. 너는 집을 갖고 싶었다. 너는 집을 가졌다. 너는 매일매일 보수한다. 너는 오늘도 새로이 짓는다. 이제 너에게는 집이 있다. 너는 꿈을 꿀 수 있다, 반복되는 장면 속에서, 무수한 인물이 등장하는 곳에서, 종료됨을 두려워하지 않으며 마음 편안히, 집에서, 자면서, 꿈을 꿀 수 있다.

길을 잃지 마세요……. 출구를 아는 사람은 오로지 당신뿐이에요…….

1

커피하우스 가는 길

한 여자가 울고 있다

여자가 아닐 수도 있다 몸을 심하게 말아 웅크려서 그
가 여자인지 아닌지 인간인지 아닌지조차도 분간할 수 없
다 그런데 왜 나는 그가 여자라고 생각했을까 단지 그가
울고 있어서? 하지만 그런 자세와 그런 위치에 봉착하게
되면 결국 울 수밖에 없다 울 수밖에 없는 일이다

행인이 전부인 거리
아무도 멈추지 않고
사람이 무너질 수 있다면
아마도 길에서 솟아난 표지판 같겠지

하지만 아무도 표지판을 보고 멈추지 않는다 표지판이
점점 가까워지는데도 저렇게 구겨져 있는데도 다들 바쁘
게 지나간다 정말 다 나쁘다고 생각했다 생각하며 지나가
는데

악취가 난다
이런 악취는……

> 표지판의 행방은 알 수 없다 일종의 표식일 뿐이니까
그 자리에 본래 있거나 애초에 없거나 하는 식이다 있지
말아야 할 곳에 있어서는 안 될 것이 있으면 왜인지 몰라
조금 나쁜 기분이 들지만 그것은 표지판일 뿐이니까 하지
만 표지판이 울고 있다고 생각하면 마음에서 냄새가 난다
슬픔은 때때로 장소를 가릴 수 없다는 걸 내가 누구보다
잘 아니까

나는 조금만 더 가면 도착하게 되어 있다 알 수 있다

무해한 그릇

— 물 마시는 시

습기: 모든 질병의 원인*

멋지네
안타깝고

조금만 더 일찍 태어날걸
태초에 물이 있었던 거네

찰랑찰랑
걸음걸음마다 내 안에서 물이 아스르르
넘칠 것만 같다
한 방울도 흘리지 않으려고 했지만
발자국이 촉촉했다

흰죽 한 그릇 주세요
아픈 사람처럼 말한다 죽은 아픈 밥이니까

너머 테이블에서는
맛있게 해 주세요라고 한껏 소리친다

그 말을 하면 맛이 있게 되는 건지 나는 궁금했지만

맛있게 드세요, 아 이건
맛있게 먹으면 안 되겠네

왜 안 될까? 흰죽은 맛있는데
 혹시 내가 맛있게 해 달라고 종용하지 않아서일까 그렇
다면 너무나 이상한 일인데

 맛의 정체를 모를 축축한 쌀알들이 내 안에서 마구 굴
러다닌다 요즘은 좀 어떠세요?
 내가 아무리 죽상을 하고 진료실에 들어가도 그는 늘
웃고 있다 맛있는 약이라도 발명한 것처럼

 너무 많이 자요
 왜 이렇게까지 자는지 모르겠어요
 약이 맛있었다면 몰라, 혹시?

 당신이 느끼는 고립감은 이상한 거예요 존재하지 않는

단 말이에요 밖으로 나가면 아무도 없을 거란 걸 잘 알고
있는 거예요 피하는 거예요 잠을 자면서 도망가는

그럼 얼마나 도망가야 합니까 어디로 가야 사랑받을 수 있는지 알고 있어요?

　의사의 웃던 얼굴 조금 일그러진다 하지만 그는 완전히
웃지 않는 법을 모르기에 어떻게든 한다 무슨 말이든 한
다 생각을 오래 하고 있는데
　배알이 뒤틀린다 흠뻑 젖어 버린 쌀알들이 더 아프다고
소리치는 것 같다

　물을 마셔야겠어요
　그러면 다 나을지도 모르는 일이잖아요 나도 쌀알도

　소진하지 마세요 다만
　피로하게
　더욱 피로하기만 하세요
　가능성을 잊지 마세요

지겨워 지겨워 정말 지겨워
나는 매일이 뒤틀리는데

물을 주러 가야겠다 그만 아파야지 뾰족한 모서리 다
둥글어진 축축한 말들 아무런 효능도 감흥도 없는 무해한
말 그만 듣고 이제는 물을 마셔야지 물만 죽어라 마셔야지

미스터 미스터 스마일 늘 웃기만 하는 나의 의사를 뒤
로하고 나는 온다 오는 물이 컵을 채우며 만들어 내는 비
명 비명 소리

피곤해 보여요
컵이요?
아니요
물이요

맛없어요

* 귀스타브 플로베르, 진인혜 옮김, 『통상관념사전』(책세상, 2007).

얼음, 에덴*

얼음은 두렵다. 자신이 무엇이었는지 무엇인지 알 수 없어서, 무언가의 재현도 재생도 아닌 얼음, 그 자체인 상태가 도저히 믿기지 않아서. 얼음은 두렵다. 물이었던 과거와 미래가 잊히지도 기억나지도 않는다.

습관은 두렵다. 습관은 천사다. 습관은 여럿 잠 못 들게 하고 그것을 즐기기까지 한다. 습관은 천사다. 습관은 아름답다. 습관은 아름답기 때문에 몰락한다. 그것이 습관의 도덕이다.

잠 잘 못 자는 습관을 가진 천사가 선 채로 앉아서 불면에 관한 책을 읽고 있다. 그 책에는 기꺼이 잠드는 남자가 등장한다. 그러니까 어느 때고 잘 수 있고 그것을 약간의 축복으로 여기는. 천사는 그것이 부럽다. 습관이 그럴리가 없는데. 여기서 천사가 이해하지 못한다는 가능성이 생겨난다.

천사가 계속 책을 읽는다. 책 속에서 잘 자 버리는 남자의 숙면이 그를 하강하게 만들기 때문이다. 천사는 내려

갈 때의 그 느낌을 좋아한다. 빠르게 하강할수록 잘 보이지 않는 법이니까. 결국 습관이라는 것은 그렇게 잘 보이지 않는 편리한 일이 되어 버리고

천사는 어느 날 잠에 들었다. 하지만 사람들은 잘 자는 천사의 이야기에는 귀 기울이지 않았다. 그들이 천사에게 매료된 이유는 그가 무척 아름다우면서도 동시에 괴로워했기 때문이었는데 예쁘고 잠도 잘 자는 꼬리 달린 천사의 이야기를 사람들은 더 이상 궁금해하지 않았다. 천사는 잠을 잘 자도 아무리 많이 자도 행복하지가 않았다. 깨달은 것이다. 잠 잘 못 자던 습관이 자신을 더욱 돋보이게 했다는 사실을 그래서 잊히지 않을 수 있었다는 사실을. 여느 천사와는 다르게 여느 습관과는 다르게

천사는 다시 잠을 자지 않기로 한다

하지만 습관은 천사다. 습관은 두렵다. 그리고 습관은 이제 사람들이 밉다. 그들의 얄팍함에 진절머리가 났다. 사람들이 그의 불행을 관조하며 잠들었다는 사실이 그로

하여금 나쁜 마음을 먹도록 만들었다. 이를테면 홀연히
사라지는 방식으로 복수

천사의 습관 그것은 상징으로 소모되는 일

선한 마음일 것이다 하지만 그렇다고 해서 소진될 이유
는 없다

오래 잠들지 못하는 사람의 책을 읽고 있다. 천사와 습
관과 내가 모두 잠에 들지 않은 시간이다. 책 속의 그를
베개 삼아 푹신함을 느낀다. 우리는 서로에게 말한다 이것
은 끔찍한 일이라고 남의 불행을 깔아 눕고 잘 준비를 한
다는 게. 그럼 여기서 누가 가장 뻔뻔한 쪽이냐고 묻는다
면 나는

천사 너
라고 말할 것이다
너는……
잊히고 싶다 얼음처럼

* 파울 첼란의 시 「얼음, 에덴」(『파울 첼란 전집 1』, 문학동네, 2020) 제목 인용.

말하는 자에게 내려지는 벌이
있는 것일까*

현재 알래스카 지역의 소수 민족들은 최후의 생존을 함께하기
위해 오랜 전통이었던 부족 간의 경계를 완전히 무너뜨리고
가계를 합치거나 영토를 공유하는 일이 빈번하다. 그럼에도
잔재하는 부족 간의 엄격한 경계를 완전히 뿌리 뽑기 위해서는
그들의 과거를 구전하는 문화가 현저하게 줄어들어야만 했다.
새로운 세대에서는 같은 일이 반복되지 않도록.

알래스카의 킹스트레이트 부족은
창조주의 존재를 믿는다
직면한다는 점에 있어서
신과 다르다고

창조주는 본디 인간에게
입을 줄 생각이 없었지만
얼굴을 다 덮기에는
피부가 모자랐다고

누구도 원치 않았으나
결국 생겨 버린

태생이라고 하기엔 징그러웠고
벌이라고 하기엔 자연스러웠던

구

속으로 사람들이 자꾸만 추락했다
그렇게 멸종된 부족이 하나가 아니라고
살아남은 자들
생각했다 그렇게
운명의 실루엣 생겨났고

마지막으로 전해진 이야기에 따르면 그들은
아이가 태어날 때마다

백일간은 입을 쓸 수 없게
하얀 면보로 얼굴을 가린다고 했다

어느 날 자신도 모르게
아이를 갖게 된 여자는
아이의 얼굴에
모든 것이 하나씩 빠져 있다는 것을 알았다

둘이어야 하는 것은
하나였고 하나여야 하는 것은

그는 못내 기뻐하며
제 아이의 얼굴을 가렸다

사람들이
들을까 봐

* 허연, 「아부심벨」, 『오십 미터』(문학과지성사, 2016)에서 인용.

Defense

i wish i had me

as my own ally

as if i made myself with

unawakening morning,

full with the ultimate silent of nurturing trees, begging for

a new day.

i wish i had me

like the dust jackets reseting

softly on my books

that i would never read, but

that made me complete, unsafe, unsettled

glowing with tiny bits of the blues

that silhouette.

i wish i had me

as if i've had everything

that never happened, but actually happened to

me. i wish i had that,

that fantasy, only exists on
the other side,
on your side.

내가 나 자신을 가졌으면 좋겠다
나 자신을 동맹으로 가졌으면 좋겠다
마치 내가 스스로를 만든 것처럼
깨어나지 않는 아침에,
나무들의 절대적인 침묵으로 가득 차 있어서,
새로운 하루를 간청하고 있는.

내가 나 차신을 가졌으면 좋겠다
내 책들 위에 부드럽게 떨어진
먼지 표지로
내가 읽지 않을 책들, 또는
나를 불안하게 만들지만 완성시켜 주는
작은 파란빛이 반짝이는
그 그림자처럼.

내가 나 자신을 가졌으면 좋겠다

마치 모든 것을 가진 것처럼

사실 일어나지 않은 일들이 실제로 일어난 것처럼

나를. 그런 걸 가졌으면 좋겠다,

그 판타지를, 오직

그 반대편에만 존재하는

너의 편에서.

(trans. Suyoeng Lee)

내가 나의 아군이라면

나 자신을 원하겠지

마치 내가

갱신의 하루를 간청하는 번영의 나무가

절대적인 침묵으로 다스리는

채 깨지 않은 아침에서 태어난 것처럼.

내가 나의 아군이라면

내가 한편의 먼지이길 바라겠지

우리의 책들 위로 부드럽게 내려앉은

그 책들, 내가 결코 읽지 않을,
결코 안전하지 않고, 전형적이지도 않지만
그 음영에서 갈취된 작은 조각들 빛나는
그 실루엣.

내가 나의 아군이라면
내가 모든 것을 가졌었다고 생각하겠지
그랬던 적도 없고 그럴 리도 없는
나는. 그러길 바라겠지
그 허상, 오로지 반대에서만
존재하는
너라는 반대.

(trans. Estelle M. Buck)

○ 첫 번째 번역본은 chatGPT-3.5에게 원문 시를 제공하고 번역을 부탁하
여 생성된 결과이다. 번역가로서의 이름도 함께 지어 달라는 요청에 그
는 "번역 작업을 수영swim처럼 부드럽고 자유롭게 수행한다는 의미"에
서 비롯된 '수영Suyoung'이라는 이름을 지어 주었다. 'Lee'는 한국 성 중
에서 많이 사용되는 것이라며 별다른 의미 부여를 하지 않았다.

2

Walls(unknown)

- entangled media, variable installation

    본 설치물은 첨단 기술의 시대를 살았던 루와 리가 공동으로 만든 것이다. 둘은 2교대를 하며 집을 지켰다. 루는 오전조^{06:00~18:00, 휴게 시간 60분 포함} 리는 오후조^{19:00~05:00, 휴게 시간 60분 포함}였다. 그들의 업무는 주로 기계 관리, 부품 청소, 조립 및 해체, 생산성 유지, 쾌적한 작업 환경 조성, 인사 관리, 사내 노동 규정 조율 및 확립 등이 있었다. 둘은 한집에 살며 하루에 딱 한 번 만날 수 있었다. 긴 노동 시간 때문이었지만 루와 리는 불만스럽지 않았다. 진짜 노동은 기계의 몫이었기 때문이다. 근무 중에도 눈 뜨며 졸기 일쑤, 맹렬히 일하는 것처럼 보이지만 사실은 자는 것과 다름없는 상태로 인간미를 유지하는 것이 그 시간의 대부분이었다. 피로가 완전히 풀린 채로 귀가하는 일도 허다했다. 오전 5시에서 오후 6시까지, 혹은 오후 6시에서 오전 7시까지, 그들은 지쳐 쓰러져 자지 않고 충분한 대화를 나누며 삶을 가꾸었다. 루와 리는 단조롭고 권태로우며 쉽기까지 한 삶에 싫증이 난 나머지, 새로운 일을 주체적으로 만들기 시작했고 그것이 바로 공동 창작이었다. 집은 사면이 벽인 공간이었으므로 무언가를 기록하거나 복기하는 데 용이했다. 둘에겐 욕구만 있었지 재능은 없었기에 가장 간단한 방법으로 작품 활동을 시작했다. 이것은 실제 그들이 거주하던 안방 남서쪽 벽면에 기록된 것으로 전해지며, 당시 둘의 화두는 '잠_{sleep}'이었던 것으로 추측된다. 둘은 좌우를 넘나들거나 같은 시간에 다른 방향으로 함께 쓰거나 충분한 시차를 두고 교차하며 썼을 것이지만 정확하게 어떤 방식으로 구축되었는지는 밝혀지지 않았다. 하지만 루와 리의 생가를 조사하던 사립 탐정 바그너 라인하트_{Wagner Reinheart}에 따르면 작품 하단 중앙으로 정렬된 부분은 루와 리가 한날한시에 함께 쓴 것으로 보인다고 주장하며, 일관된 서체와 충분히 추측 가능한 정렬 방식, 그리고 작품의 손상도가 매우 고르다는 점을 강조했다. 그들이 어떤 합의점에 이른 것인지, 혹은 루와 리가 마침내 완전히 분열된 것인지는 알 수 없다. 하지만 '루와 리 연구_{Study of Lu and Li : Co - as a existential stance in Falling Dynasty}'를 이끌었던 첨단예술박물관_{Museum of Advanced Art, MAA}의 학예연구실장 보니 트루퍼_{Bonnie Truffet}는 "사실의 경위 따위를 묻고 따지지 말고 루와 리가 그랬던 것처럼, 난삽하고 복잡하게, 다각도로 의심하며 작품을 감상하길 바란다. 마치 루와 리가 당최 누구인지도 모르면서 여기까지 온 당신의 본능적인 난해함으로."라고 말했다.

잠은 적 　　　　　　　　　잠 나의 적

노곤했어 　　　　　　　　　　　　　　바닥

그의 이력을 보다가 　　　　　　　　끝에서 같아지는

또 그랬구나 　　　　　　　　　　　　　운명

나만 몰랐던 　　　　　　　　　　　슬프지 않았어

모두의 돌연사 　　　　　　　　　　　피곤했거든

그날의 이야깃거리였지 　　　마지막 태업을 정리하고

더 듣고 싶었지만 　　　　　　　　　　준비한다

일찍 가야만 해 　　　　　　　　　　　털어놓고

내가 이기기 위해서는 　　　　　　가지런히 버린다

잠만 덜 잤더라도 　　　　　　　　　나의 자격

나 역시 투신할 수 있었어 　　　　따져 보면

조금 덜 누워 있었더라면 　　거창하느라 노곤했어

모험을 할 수 있었다고 　　　　남은 게 없었어

우린 같이 썼겠지 　　　　　　　　　역사적으로

초현실적으로 　　　　　　　　　　왜 그랬을까

제인, 수잔나, 　　　　　　　　　왜 부서져야만

왜 그랬어요 　　　　　　　　　　　기어코

잠만 자고 　　　　　　　　면할 수 있었던 걸까

누워만 있지 　　　　　　　　　다리를 벌리고

꿈에서도 쓰고 있다면 좋겠다
자다가 죽었으면 좋겠다
내가 아쉬워?
못 자서 그래 못 자서
니네 다만 잘 때
잠만 자서 그래
아 쉽다 쉬웠겠다
카프카 그립다
사실은 낮잠을 자니까
밤잠을 설치는 거였는데
그 시간을 유의미한 불면으로
착각하며
시간으로 침몰하면서
말도 안 듣고
편지만 쓰던 걔가
참 그립다
꿈에서라도 만나고 싶다
깨면 까먹을 꿈이겠지만
개죽음이겠지만

착란

— 읽는 방법
  루: 위아래로 읽으시오
  리: 뒤집어서 읽으시오
  루와 리: 살고 싶니?

젊고 우울한 시

샤워하던 노년의 니체가 소리쳤다
아,
나의 **젊음!**
이미 가진 것을 가지지 못했노라
지껄이면서 얼마나 많은 말을
허비했는지
뿌옇게 비좁은 거울 그 사이로
자신의 얼굴 뼈 빠지게 바라보다가

이것이 그가 말년에 미친 이유다

그 말을 들은 사르트르의 고양이*가 말했다

Youth is nothing

My name is Nothing

샤워하다 니체와 눈 마주쳤다

그는 원하는 것을 다 가졌는데도

슬퍼하는 것처럼 보였어
나의 동물에게 말했다

니체는 샤워를 좋아해

청춘의 비겁한 말들이 늘어진 살결 사이로 힘없이 떠내
려간다 수직으로
깔끔하게
흐르면서 잊혀진다 책임을 전가한다
그렇게 씻고 나면 씻겨져 나가는
시간과의 불화
화해한 우리는 습습한 욕실 사이좋은 정사각형

■

(아름답게 포개어짐)

니체는 기분이 좋을 때마다
자신의 탁월함에 대해 말한다

나는 어쩜 이렇게 훌륭한
애늙은이인지!

말하니 기분이 좋았다
좋은 내가 샤워를 하고 있다

* 사르트르는 'Nothing'이라는 이름의 고양이를 키웠다.

청강

안녕하세요, 교수님

딱히 필요한 절차는 아니지만 관계와 예의의 차원에서 메일을 드립니다. 다름이 아니라 당신의 수업을 정당하게 몰래 듣고 싶습니다. 들어서는 용기보다 발각되었을 때의 난처함이 두려워서요, 이미 두서도 없네요.

비평이란 무엇입니까? 현대란 무엇이고요? 저는 알려고도 하지 않았지만, 잘 아시다시피, 워낙에 떠들어 대기도 하고, 또 그러다 보면 싫은 소리도 듣게 되기 마련이지 않습니까. 알고 있지 않아도, 개념 없이 살아도, 괜찮은 게 세상의 이치이겠지만, 그래도 이왕, 이왕에 듣고 듣게 될 거, 그것에 대해 조금 알고 있으면 좋겠다는 생각이 들었습니다.

그게 다 뭐라고……. 왜 자꾸만 주눅이 드는지. 그 풀먹인 종이 더미가 뭐라도 되는 양 늘 죽고, 꺾이고, 반성하게 되고, 그만하게 되고, 그러다 눈이 헐고 멀어서, 당신네를 탓하게 되고, 가끔은 버럭 울화가 치밀어 올라서, 선생님 저 화병인 것 같아요, 몸에 샤프심보다 얇은 바늘 몇개를 꽂고, 꽂아 달라고 애원하고, 그리고 아 시원하다 말하고, 다시 읽다가, 납작하게 저항하는, 굴복한 포식자처럼, 눈으로 먹을거리를 찾아다니고, 찾지 못하고, 결국 빙 돌아와서는, 원점. (저는 방금 '원점'의 원천적 개념을 설명해 버렸네요. 의도한 것은 아닌데…….) 그러니 한 자리만 내어 주신다면 감사하겠습니다.

아, 참

제 소개가 늦었습니다.

저는 아주 오래되었습니다. 그리고 낡았습니다. 늙음과 낡음이 공존하는 셈이죠. (둘은 엄연히 다른 개념입니다.) 왜 이렇게 됐냐구요? 나를 이해하려 드는 인간들이 과하게 많았기 때문입니다. 미치는 줄 알았어요. 사실 나는 아아아무것도 아닌데요. 인간은 그것도 모르고 (아니면 알고서도 그랬는지) 나를 치켜세우곤 했습니다. 어떤 때에는 당최 설명할 수 없을 것 같다며 나를 내팽개치기도 하면서요. 국적을 막론하고 나에 대한 집착이 이어졌습니다. 나는 영국인이었다가, 대부분의 경우엔 독일인이 되고, 가끔 제멋대로 프랑스인이 되기도 했습니다. 바보들……. 그게 세상의 전부인 줄 알고……. 여기서는 태어나고 저기서는 죽는 동시성의 모순. 하지만 나는 언제나 살아 있었는 걸요. 인간들은 이걸 모릅니다. 내가 늘 꿈틀대고 있었다는 사실. 아마 제가 두려웠나 보죠? 나를 두고 한 글자 차이로 서로 삿대질하며 누가 맞네 누가 틀리네 하는 꼴을 수 세기 동안 보고 있자니, 한편으로는 조금 웃기기도 했습니다. 아마 인류 전체가 나를 향한 투쟁으로 들끓었다고 해도 과언이 아닌데요, 제 기억에 남는 인간은, 글쎄요, 그렇게 많지 않습니다. 유의미한 투쟁이었다고 할 수 있을까요? 인간의 무기는 언제나 말이었습니다. 그런데 완전한 설명이란 게 있기는 한가요? (제가 서두에 던졌던 질문, 기억하시나요? 답할 수 있나요?) 그마저도 인간들이 만들어 낸 발명품에 불과하면서. 그들은 언제나 그 이전에 있던 것조차도 완벽하게 설명하고 싶어 하죠. 아주 끈질겨요. 지구가 반으로 갈라져도 나를 규정하려고 애쓸 것입니다. 태초의 반대말은 무엇인가를 골몰하면서요. 결국엔 모두 전복되고 다가오는 것으로부터 패배하고 시대에 뒤처지는 것이 될 텐데. 인간들은 나를 찾아 헤매는 걸 삶의 의미 정도로 생각하는 것인지도 모르겠습니다. 나는 그것이 부담스럽게 느껴지지만 나는 나 하고 인간은 징

그렇게 많으니 절대 이기지 못할 싸움입니다. 나는 말할 수 있는 권위도 없었습니다. 인간들에게 저는 그저 태초의 존재일 뿐. 제가 스스로 생각하거나 스스로를 설명하는 순간 인간은 자기네 역사를 통튼 것보다도 더 큰 좌절감을 느끼면서 다 미쳐 버릴지도 모릅니다. 나는 그들이 살기 위해서 존재하는 껍데기입니다. 진리를 덮기 위한 진리입니다. 나를 지배했다는 느낌은 가질 수 있어도, 나로 인한 포만감은 느끼지 못할 것입니다. 나는 절대로 드러나선 안 되고, 설명되거나 해체될 수 없게끔 끊임없이 진화해야 합니다. 시대와 시기를 막론하고 모두에게 기억되고 귀속되고 규정되는, 그것이 나의 영광스러운 운명이고 나역시 그것이 자랑스럽습니다. 이것이 저의 한 측면에 불과한 것이라고 나는 그러한 것이라고

전해
들었습니다

그럼 살펴보시고 알려 주세요
고맙습니다

>

관념어
드림

우리 이제 이런 짓은 그만해야지

고르고 고른 선별된 사람들 자발적으로 자본을 쓰고 시간을 낭비하는 사람들 한순간엔 모두 신부님 바라보며 맹신하고 신부님 읊으시는 순간 일제히 고개를 처박거나 두 손을 모으고 눈을 감지 그런데도 물어 신부님 방금 말씀하신 게 정확히 무슨 뜻인가요 애당초 너희의 이해를 바라며 기록된 것이 아닌데도 너무 바라지 염원하지 온전히 읽고 가닿을 수 있기를 아무런 의도도 없는 맑은 눈의 광……신도 같은 질문에 신부님 조금 당황했지 나는 이 모든 상황을 보면서 생각했지 이건 전부 우리의 잘못이라고 이런 짓은 한참 전에 그만뒀어야 했는데 조금 일찍 태어났다고 너무 늦게 태어났다고 서로 눈치 주고 눈치 보고 승인하거나 승인하지 않고 그렇게 만들어진 무작위적인 힘은 정말로 과녁이 없어서 쏘는 사람을 미치게 만들지 무슨 살을 날려야 하는지 얼마큼 정확해야 하는지 애초에 살을 쏠 필요가 있기는 한 건지 건방지게 과녁 자체를 의심하게 되지 그래도 신부님 당황하지 않았어 모른다고도 말 않았지 사실로써의 가오와 굶주림의 기개가 있잖아 그는 능숙히 빠져나갔지 역시다운 임기응변이었어 천재적인 순발력에 감탄하며 찬가의 박수를 보냈지 믿음은 다시 시작됐지 나는 펜을 든다 손으로 쓴다 보이는 화면의 글자들 픽셀 단위로 쌓으면 뭐든 그럴듯해 보이니까 하지만 손으로 쓰면 아가미가 보여 어디로 숨 쉬는지 어디에서 숨이 막히는지 그래서 언제 끝장날 건지

이건 우리 모두의 잘못입니다

기대를 너무 많이 한 당신의 잘못입니다

그 기대에 부응하기 위해 지나치게 격양된 당신의 잘못입니다

지나치게 격양된 동료와 후배와 선배 들 가로막지 않은 당신의 잘못입니다

마구잡이 의미로의 증축 죽은 당신의 잘못입니다

그것을 타파하지 않고 오로지 답습하며 재생산과 물살 타기에만 급급했던 당신의 잘못입니다

그들이 잘못되었다고 말할 수 있는 권리는 오로지 당신에게만 있었는데 그걸 알았는지 몰랐는지 상관없어 무조건 당신의 잘못입니다

세계를 의미로 단절시킨 당신의 잘못입니다

의미의 의미를 말했어야 했는데 그건 정말 당신의 잘못입니다

눈물 용서 기도 무릎의 패배 시위 강령

모두 틀렸습니다

더 이상 미룰 수 없습니다

이미 도래했기 때문에

대비하십시오

말들이 현재를 살생할 수 없도록

그것이 직업이 되지 않도록

굶지 말고

손쓰며 막으십시오

말도 별로 없는데
개념도 챙겨야 하고
윤리
마구잡이 살인도 자제
왜 그렇게까지 죽고 싶어 하는 거니?
이유도 없이

윤리 지겨워 윤리도 힘들
지 않을까 이건 윤리의 입
장도 들어 봐야 해

2023 서울국제
도서전의 주제는
(비인간, 非人間,
nonhuman)이었
고 서너명의 인
간 예술가들이 비
인간적으로 강제
퇴출당했다

2023 트렌드 리포트 :
윤리 챙긴 예술, 비인간/비존재 주체의 담론

조심조심 살금살금
말들의 지뢰밭

누가　먼
저 심나
누가 나중
실수라고　우연이라고　　에 밟나
말해도　　　　　　　그것도　모르고　우리는　다시
아무도 믿지 않을 거야　심지 심고 또 심지
이 첨단의 세계에서는

진짜 졸라 나빠 알면서 하는 거 그게 제일 나쁘다고

너 나 알면서 누구보
다 잘 알면서
왜 그랬어요?
쓸 말이 없어서요?　먼저 다 써 놓고
　　　　　　요구하는 건 점점 많아진다
　　　　　　먼지는 태어난다
　　　　　　나는 그저 늦었고

　　　　　　부지런히 납득시켜야 하는데
　　　　　　　다 설명할 순 없어 왜
　　　　　　　　지루하니까
　　　　　　　첨예하지 않잖아

회개하면 됩니다

64

그럴 수도 있는 거잖아

모르는 도시에서 너무 오랫동안 살았어
알았던 남자와 손을 잡고
도시의 변두리 걷는데
버드나무가 정말 많은 거야 처음엔 장난인 줄 알았어
미심쩍은 그 잎나뭇가지 끝없이 흔들리면
여자가 고개를 떨구며 울 때의 머리칼 휘날리는 모습과
닮았다고
버드나무 많은 곳에 오래 있지 말라던 우리 아빠 남자
의 충고 생각났어 다를 바 없게 늘어지는 삶 살게 될 거
라고
나는 다만 멈춰서 나무의 사정도 듣고 싶었지만
걸었어
이것은 새로운 나와 여자의 이야기
우리를 묶어 줄 연대 비밀

사실 그 손 놓고 싶었어
아무나 좋으니 이 낯선 도시의 나를
구해 줬으면 할 때 더 세게 잡아 줬으면
올려 줘 올려 줘

그래도 두 손바닥 포개어져 있는 셈이니

기도라고 치자 간절히 바라 보자

상황이 풀릴 수도 있는 거고 남자가 남자할 수도 있는
거니까

알면서도 약간 모르는 느낌 그땐 세상이 나를 조용히
속였지 대가리 걸고 나 말리는 사람 아무도 없었지

사실 거짓말이야 온 세상이 말렸어

아빠 남자가 여자에게 미친 창녀라고 했는데 깜빵에 넣
어 버릴 거랬는데

이미 망했다는 생각이 들면 더욱이 머무르게 되지 달
아날 수 없어

내가 맞았다는 착각을 하면서 그 도시의 여자는 여자
했던 거야

여자하다: '내가 맞을 거야 내가 맞는다고' 최면의 달인

말리는 사람 없으니 남자는 분간도 안 하고 주변에 있는
것 모두 먹어 치웠지 뚱뚱해졌지 이제는 뚱보 남자 우웩

여자는 점점 작아지고 말라 가고

머리카락 길어지고

어떤 상황에서도 흔들릴 일 없게
늘상 꽉 묶고 다녔어
꽉
꽉

하루는 둘이서 손을 잡고
도시의 천변으로 갔어
글자로 빼곡한 여자의 일기장 들고
남자가 일기 쓰는 여자를 볼 때마다
미칠 것 같다고 했거든
일기장 보여 주며 여자가 물었지
어디가 제일 컴컴해?
여기랑 여기, 여기도, 이거도
찢고 찢고 너무 많아 찢을 수 없는 말들은
서로 붙여 주었어 꼭 종이들끼리 손을 맞잡은 것처럼
그 여자는 가끔 궁금해
그때 강물 따라 흘러가던 내 종잇조각들
참 예뻤는데 사진도 있는데
무슨 말들이었을까 혹시 거기에 다 있었던 건 아닐까

증거

나 또 남자를 만난다
커밍아웃하는 심정으로
새로운 남자의 얼굴 보면서는
여러 개의 남자들이 자꾸 겹쳐
나 정말 여자랑 하고 싶었어
여자랑 여자를
할 수 없는 나
는 또 새로운 남자를 만들었다
알 것 같은 남자

증거는 많았어
그 여자의 언니들이 방법을 알려 주었거든: 통화보단
문자, 이메일도 괜찮음, 피치 못할 사정에 봉착하게 되었다
면 언제나 녹음기를 켜 둘 것, 본인에게 불리할 언행은 하
지 말 것, 목격자를 만드는 것도 방법이다. 그리고 무엇보
다 남자는 남자한다. 무슨 말이에요 언니 그러니까 니가
가만히 있어도 알아서 증거를 만들어 올 거라는 말이야

온다뇨……

그래도 언니들이 맞았어

언니들은 언제나 맞아

여자들은 언제나 맞지

같은 날이었나, 정확히 기억은 안 나지만

어떤 늙은 남자가 손잡고 걷는 우릴 보면서

신들이 사랑하는 것 같다고 했나

천사 같다고 한 것 같기도 하고

아무튼 엄청난 사랑인 것처럼 우리를 보고

칭찬하는데

그 늙은 남자가 더 신 같았어 무책임하다는 점에서 비

슷하잖아

그때를 떠올리면 그래 정말 운명 같은 사랑을 했나 싶

어서

걷고 손을 잡고 걷고 잡고 보면

또 새로운 남자

어때 나도 좀 새로워?

응

처음인 것 같아 그런

구린

오래된

정신머리

내가 이렇게 슬픈 이유   까먹었다   평범
하지도 유별나지도 않았는데   새로 산   인
형처럼   거짓 없고 과열 없는   눈 동 자
들   이불처럼   곧

                             ㄷ

                             ㄷ

                             ㄷ

                      게 늘어진 팔과   다리
들   뭐 이런   것들이었는데 기억이   안
난다   못 배워서   그런가 ？？？   우리 오
빠   목에 있는   …… 암 …… 너무 부러
워 나랑 바꿔 내게   더 어울려   나
이런 나쁜 생각 하는 못돼 처먹 은   지밖에
모르는 이기적인 년인   데 나 줘 내 것   같아
잘못   간 거   같아   돌려줘 자기 전
에   그것만 생각하면   그것이 꿈
에 나온다면서요 거북목에   좋다던   말로
만 명품   베개   머리로   짓누르며 생각
했어 암   암   암   씨발……!   정신   차려!

71

싶다가도   솔직하게   말해보라

면   모두가 나   보다 못 할   텐데

미친   아쉬움   차라리   라고

말   하면   다   용서받는   거니

까   차 라 리   내가   를   수 백   번

웅얼거리며   진짜 꿈에 나오긴 했

어   다 만   죽 는 게   내가 아니었을

뿐   그 꿈 엄마에 게   팔았 지   엄

마아 하   오빠가아하   꿈   에서

어허   자살했어허 이거 길몽 이니까아

하   엄마한테   만 말하는 거 야   아

하   그러니까 비 밀 지켜어허   미

친 년 아   잠이나 똑바로 자   자다

가   자빠지 지나   말고   일어나보니

나 는   침대 위   에서   한 바퀴   돌   았

고   머리 두고 자던 곳   에 발이   있었

으니   우리 어머   니 놀라 자 빠지셨지

약   했냐며 물었 지 약하긴   했지요   어머

니   하지만   약을 먹고 더   힘을   내

서　　　　　　찾아 올게요　　미친새끼
돈자랑　　하는 것도　　　　　아니고 개밥그릇
갖고　　장난 치는 것　도　　아니고　주겠
다는 거야 말겠　다는 거야　　　제가 가본 집
중에서 진　짜 제일 좋　아요 신식 신축 대　박
이에요　어 나도 알아　여기서　　나　혼자
살아 한 명이라도　더　들어오면 미　쳐　버 릴
거야　　의사 안 녕　　　　2주치 목숨 받으
러　　왔어요　　　　비밀을 말해야만　　줄
수 있는데 어쩌죠　에이 너무　쉽네　죽었
으면 좋겠다　돌아 돌아 가시면　좋겠다
흐힛 헤헷 …… !!!　…… 아이고 호오
그냥 다시 입원을 하시는　게　어떨는　지
이히　　뭐라는 거야　나 말고　　재
그래　너　돈줄이랑 목숨줄 헷갈려 하는 씨
발　너　충분히 산　너　이제 제발
꺼져 암　암 그렇지　암만 생각해도　그
게 맞아 찾아서 올거야　　너랑　같이
잘　거야 죽도록 자빠　지면서

돌아버리면서

새집증후군

나의 명랑함이 그리워
지켜 낼 수도 있었는데
의지가 없었지
약했지 언제나 조금씩
모자라고 어긋났지

다들 정말 행복해 보인다

공공장소에 갈 때면 나는 그런 말을 함부로 내놓고
사라진다
영원히 행복할 것 같은 얼굴을 뒤로 하고
까먹으면서

사람을 믿지 말고 잊어야지 그래야지 계속 볼 수 있지*
나를 타이르는 책 너무 많이 만났고
기억력 점점 나빠지던 나는
행복해 보이지 않는 얼굴들도
다 까먹었지
마음이 편했고

내가 전화할 때마다 소스라치며
놀라며
가슴을 쓸어내리는
내 친구들 가족들 짐승들
그냥 전화해 봤어 이러다 네 얼굴도 까먹을 것 같아서
다행이다 언제 한번 보자 웃는다 그러면 나도 웃는

여름밤에

그 사람은 어떻게 됐어요 너무 옛일인가
묻는데 사실 모르겠고
아무것도 못 느끼겠어요
거친 바닥에 거침없이
앉아 가며
사람들 구경했지
정말 불행해 보여
나를 향해 섬세하게
혀 차는 소리
연신 들었지

집에 가면 내 몸보다 큰 택배들이 잔뜩 와 있을 거야
이런 건 어떻게 움직이나 몰라
사람의 전문성이 그립고
나는 초보자처럼
옮긴다
누가 갖다줬는지도 모르는 어떻게 올라왔는지도 모르는
상자들의 얼굴 애써 못 본 척하면서
이만큼이나 컸으면 알아서 기어 들어갈 것이지
내내 불평하면서

현관 앞에 거울을 두는 건 아냐
좋지 못해 불운이 들어올 거야

긴 복도 끝에 내가 서 있어서 좋았는데
내가 둘인 것 같아서 좋았는데

나 대신 거울 옮겨 주었고
나의 대체 사라지고

입만 살아 있다면 죽은 건 아니겠지 생각하며
산책한다
가짜 공원에서

마른 얼굴에
침 뱉으면서
도망가면서

돌연히

---

* 윤해서, 『옴폭한』(시간의흐름, 2022), 27쪽. "사람을 믿어야 한다고 생각
하지 않는다. 거의 잊어야 하지. 잊어야 계속 볼 수 있다." 변용.

○ 새집증후군은 영어로 'Sick House Syndrome'이다. 뭐든지 아파야 혁명
이 일어난다. 병증은 새로움의 기표일 뿐이다. 변화의 예측이다. 그러므
로 귀하다.

울음 찾는 자

임이로 인해 세상은 더 나아졌소.

임이로 인해 나는 덜 미치게 되었다오.

당신이 우리 사이의 편지를 ~~남모르게~~ 읽어 왔다는 사실, 알고 있소. 임이도 나도 ~~근본에서는~~ 비뚤어진 점이 없으니 내용상 부끄러울 것이 전혀 없긴 하다마는, 인간의 본보기이자 수호자여야 할 당신이 ~~불행히~~ 갇혀 지내는 ~~아~~ ~~름~~ 임이의 편지를 보면서 무엇을 취한단 말이오? 같잖은 허세라도 ~~느끼오?~~ 뭔들 상관없소. 내 오늘은 임이에게 쓰는 것 아니니. ~~아니 전부~~, 내 당신의 이름도 모르지만 단언할 수 있소. 당신의 삶도 임이로 인해 더 나아지지 않았소? ~~나이를 덜게 되지도 않았고 발이 운운하며 까~~ ~~나 직강하거니 같치매께 연연하지 않아도 되고 오로지 해~~ ~~와 계절에 의해서만 삶을 의탁하며 지금이 도대체 어디인~~ ~~지 어디까지 왔는지 지금이 있거나 한 찰나 지금이 지금~~ ~~끼리 손을 잡고 당신을 흘리당 벗겨 속여 넘기려고 하는~~ ~~것은 아닌지. 그댄 걱정불안 하지 않게 되지 않았소?~~ 비단 당신뿐만이 아니오. ~~여러갓 세상 사람들 자민하여 두 손~~ ~~두 발 다 묶은 채로 지금새게 끌려다니지 않았소. 또 미래~~ ~~라는 것은 어떠하오? 줄 듯 말 듯 우리의 꿈 안에서만 깔~~

79

~~떡대는 것이 알맹기가 도를 지나치지 않았소?~~ 꿈번 꾸다
~~가 죽어 버린 벗도 있었소. 그가 임이를 긴족에 알았더라~~
~~면 죽는 일 따위는 없었을 것이오. 잠을 자며 괴로워할 필~~
~~요도 없었을 것이오. 임이는 정말 선한 마음으로만 움직였~~
~~다오. 오로지 임이 당신이 아닌 모두를 위해.~~ 그러니 잡범
취급도 그만두시오. ~~그것은 그의 업적을 그르치는 것이나~~
~~다름없소.~~ 한낱 도둑이 아니란 말이오. 대체 누가 인류를
위해 감히 이런 일을 할 수 있겠소? 생각이나 해 봤소?

시간을 죽일 수 있다면 내 얼마나 좋겠소……

임이가 ~~행동으로 증명하기 전에~~ 내게 남긴 마지막 말이
오. 나는 그 말을 들었을 때 내 깊은 영혼의 물줄기가 퍽
하고 끊어지는 것만 같았고 이내 ~~그 물줄기~~는 역류하기
시작했지. 임이가 내어 준 길 따라 더욱 자유롭게 흐르기
시작했소. 어딜가나 지금을 알 수 없었소. ~~언제나 임이가~~
~~먼저였기에.~~ 늘 선행했던 임이는 시간의 좌표를 모두 없애
기 시작했소. 공공장소의 시계를 부수고 사람들의 손목
을 쳐 냈소. 광장에 솟아오른 시계탑도 ~~그곳과~~ 뿌리 뽑았

지. 때에 따라서는 목을 쳐야 하기도 했지만, ~~그것은~~ 그들이 자초한 일이오. ~~애초에 신식 기계를 목에 걸고 다닌다는 게 많이 되는 일이라고 생각하시오?~~ 임이는 시간을 없앤 것이라오. 알아먹겠소? ~~시간이라는~~ 삶의 도살자를 도살한 것이라오. ~~선행으로!~~

임이에게 듣자 하니, ~~그곳엔 아직 몇몇 흔적이 남아 있었다고 하더군.~~ 죽여도 마땅할 시간에 시간이 모자라다며 허둥지둥 ~~그도소~~ 안을 돌아다니던 그대 꼴이 참 이루 말할 수 없이 우습고 ~~한다~~이 보였다고 하더라오. 어쩌겠소, 임이는 ~~햇복부다~~ 선한 사람이라오. 당신이 괴로운 것과 괴로울 것 ~~조두~~ 볼 수 없었던 것이오. ~~그래서 그랬던 것이오. 손목에 대한 다른 락개남이라 장기 같은 것은 알길 없었단 말이라오.~~ 그런데 당신들은 그런 임이에게 잔인하기 짝이 없었소. 평생을 시간 죽이며 사느라 ~~지급고~~ 고단했던 임이를 몰아세우며 인간 취급도 않았지. 창문 하나 없는 독방에 가둬둔 지가 벌써…… 벌써…… 며칠째요? ~~독방 시란 가는 줄 몰았을 개요. 나도 그랬으니까. 알았더라던 내 진작에 단서하였을 텐데. 하지만 알았다 한들 변하~~

~~는 게 있소? 임이는 당신 손목에서 째깍거리는 미스터 믄~~
~~스터 메트로놈 씨를 혼쭐내지 않고서는 못 배겼을 것이~~
~~오. 그릇이 간강 중기만도 못한 당신이 가깝 큰 괴물을 죽~~
~~이지는 못했을 터이나.~~ 착해 빠진 임이, ~~평생을 남 구해 주~~
~~다 이렇게 당하다니!~~

시간을 죽이는 일은 아무나 할 수 있는 게 아니오. 임
이처럼 타인에게 ~~친없이~~ 관대하고 삶에 대한 여유가 넘쳐
흐르는 위인에게만 주어지는 과업과도 다름없다오. 임이
는 ~~아주~~ 심플한 행업으로, 온 세상의 시계를 모조리 박살
내는 것으로 ~~우리~~ 조국과 인류를 구하려 했던 것인데! ~~재~~
~~앞날도 내다보지 못해서 온갖 미신과 말에 매달려 아등~~
~~바등 살아가는 것, 힘들지 않았소? 나는 너무 지쳤었다오.~~
~~임이가 이곳도 내 곁에 없다는 사실이 믿어지지 않소. 도~~
~~대체~~ 얼마나 지난 것이오? 얼마간의 시간이어야 흡족함을
느끼겠소? 이제 ~~그밷~~ 임이를 놔주시오. 세상은 임이를 필
요로 한다오. 임이 없는 세상에서는 살 수가 없소. 도처에
서 째깍이는 소리가 금방이라도 내 목의 칼이 되어 올 것
만 같단 말이오. 금방? 방금? 어느새 순식간 찰나 억겁 순
간 별안간 지난한 잠시 잠깐 이제는 이런 말도 쓸모가 없

고 그저 무한한 삶의 상류에서 헛꼬리질만 치는 물살이가 된 것만 같소. 임이를 구하는 것이 곧 나를 구하는 것이고, 내가 구제되는 순간 당신도 풀려날 것이오. ~~시간으로부터 영원히~~ 자유로워질 거란 말이오. 영원히? ~~말이오.~~

이 편지를 쓰며 나는 당신을 생각했고 임이와 조금 더 가까워졌소. 끊어진 임이의 과업을 내가 이어 갈 수도 있소. ~~나 역시! 인류의 시간을 죽일 수 있는 위안이었소.~~ 지금 당신이 여기에 있지 않소? ~~임이가 편지 그곳에 있는 게 맞소?~~ 당신은 이 편지를 왜 읽고 있는 것이오? ~~정말 임이의, 아니 다른 이의 편지를 훔쳐본 게요? 교도소 안에서 시간을 죽일 요량으로 파수들에게 주어진 단 하나의 권리를 그렇게 짓밟은 것이오?~~ 이것을 읽고 있는 당신이 세상 모든 시간을 죽이려고 한 임이보다 나을 것이 ~~대체~~ 무어란 말이요? 그리고 나는 이것을 쓰며 시간 자살을 한 셈이나 마찬가지인데, 임이는 왜 갇혀 있고 나는 자유롭단 말이오? 당신도 정말로 깨끗하오? 살며 시간을 죽여 본 적 단 한 번도 없다고 말할 수 있소? ~~그리 이미 있게 살았소?~~ 혹 부끄러웠소? ~~시간을 죽였다는 게?~~

~~당신 차니시오. 시간은 언제나 당신가지 나던 있을 뿐~~ ~~이라오. 죽인다고 생각할 필요가 없는 것이라오. 사실 암~~ ~~어느 내가 이달한 명령을 따르다 불락한 것뿐이오.~~ 진짜 살인마는 언제나 ~~너~~ 안에 있소. 이것. ~~당신이 보고 있는~~ ~~이것~~ 안에. 지금 멈추지 못한다면 ~~문명은 시간에 감식되~~ ~~고 말~~ 것이오. 우리의 ~~심이를 까세 주시오. 어제 광말~~ 시간 이 남지 않았소. 타임이 오버되기 ~~직전이리소. 우리의 심~~ ~~이를~~ 살려 주오. 시간의 심장을 도려내게 ~~우리의 심이를~~ ~~까세 달란 말이오~~ .

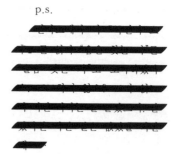

p.s.

마지막 수업

다음이란 거 그런 거 없으니 그러니 내 얘기 좀 할까

솔직히 괴로웠어. 미치기 직전. 사실 우리가 이야기하는 이거, 배울 수 없어. 가르칠 수는 더더욱……. 나는 알고서도 그랬다. 여러 번. 생떼 같은 얼굴들 셀 수도 없어. 꿈에서나 만난대도 모를 거다. 아마 지옥의 개 같은 얼굴을 하고 날 잡아먹으러 오겠지. 귀엽겠지. 머리가 세 개잖아. 머리만.

뭐라고 해야 할지 사실 아직도 모른다. 너네가 다 맞을 때와 너네가 다 틀렸을 때가 비슷하게 있었거든. 멍청한가 싶으면 가끔은 소름 돋게 통찰 깊어서 당황스러웠거든. 다 모르면서 아는 척하는 나와 알면서도 알려 주지 않는 내가 함께 있었거든. 무섭기도 했다. 너네를 내가 짓밟을까봐. 너네 전부가 나를 모조리 대체할까 봐. 끔찍하게 싫은 날이 더 많았지. 가끔 좋은 날 없다고 말할 순 없지만 기억에 없다.

왜 그러니? 우리는 왜 이래? 할 말 없지 드글대던 온갖 말들 쏙 들어가지 확 쳐 버리고 싶지. 니 손 목 손목. 나는 니들 그러는 거 보는 게 좋아. 굴복. 논리의 똥구멍.

나가……. 너네 아직 젊잖아. 찌르면 새파란 피가 나올 것 같다고. 가끔은 징그럽기까지 하다고. 제발 그만해 제발 다른 걸 해 제발 끝까지 외면해 싸우고 터져 지지 말고 이겨 지더라도 아름답게 어차피 패배란 기분에 불과하니까. 나를 넘보지도 말고 이쪽을 기웃거리지도 말아 마지막이니까 말하는 거야 다시는 돌아오지 마 우린 충분해 너네가 낄 자리란 건 없어 내어 줄 마음도 없다고. 우리끼리도 바쁘고 우리가 아니래도 이미 두터워 살집 오른 시간이 우리 숨통을 조이고 있다고 그러니 가담할 필요도 없고 솔직히 또 만나면 그땐 정말…….

다 두 고 나 가

우리 함께 읽은 것들 읽고 말한 것들 읽고 말하고 쓴 것들 읽고 말하고 쓴 다음에도 또 쓴 것들 모조리 죄다 전부 다 내게 남기고 가. 나가서 돌아오지 말고 돌아서 보지 말고 더 멀리 나가서 진짜를 애쓰지 마. 그만큼의 악의가 언제나 널 뒤쫓을 거야. 아름다운 배경이 되어 줘. 나만 한 스승 없었다고 해 줘. 그런 풍광 만들어 줘. 배경 없는 그것은 모두 물건에 불과하다. 나는 나를 사물 대하듯 대했다. 뭐가 중요한지 몰랐다. 강의실 들어가기 전엔 담배만 피워 댔다. 혼자서 훔쳐 듣고 훔쳐보고 훔쳐 썼다. 아무

도 몰랐다. 지금도

지금까지도 있는 끝나지 않는 평가

내 이름 석 자 없다는 말 들었을 때 참 서운했지 우리 사이 괜찮지 않았나?

죄송하고 고맙습니다. 내가 왜? 죄송한 것도 고마운 것도 사실이에요 다만 진심은 아니고. 하지만 다음에도 뵐 수 있다면 참 영광이겠습니다. 그때는 뭘 더 배워서 올게요. 한참이나 성장해서 더 큰 베개를 가지고 올게요. 푹 자는 모습을 보여 줄게요. 선생님 없이도 나 잘 잘 수 있다는 거 보여 주고 말 거예요.

참 빛나던 오랜 동료 일찍 죽었고 가망도 없어 뵈던 걔는 성공해서 나 같은 사람들 뒤통수나 치겠지. 그 꼴 보는 나 속 시원하겠지. 익명이면서 구면이겠지. 할부만큼 지속되는 진정한 배움. 내 가장 영민한 친구는 평생 학자금 대출을 갚는다. 우리 집엔 대졸이 흔해서 감흥이 없었다. 나를 보고 감탄하지 않는 사람이 더 많았다. 그래서 지금

차라리 너랑 나랑 치고 박고

싸우기라도 했다면 그랬다면 다음번엔

T.H.에게 남기는 편지

이제는 책을 읽을 때마다 간절히 바라게 돼.

제발 이이만큼은……. 제발, 단 한 명이라도 좋으니 날 구해 줬으면…….

마지막이라는 생각 없이 오늘도 책을 읽었어.

나는 곧장 책의 끝으로 달려갔어 단박에 도착하는

연보로. 언제 태어나 누구의 딸 아들이었으며 국적 몇 권의 책 그리고 몇 개의 상패 그것과 비슷한 명예들이 나열되겠지.

하지만 나는 다시 끝으로 가. 단박에 도착하는

생의 끝. 아주 단정하고 잘 정리되어 있는 한 인간의 삶. 그 끝.

그리고 어떤 강직한 허탈함이 내 근육을 찢는 것 같았어.

'스스로 생을 마감함'

스스로 생을 마감한다고?

자살이야. 그냥 자살이라고.

미칠 듯이 허무해서 욕지거리가 나왔어.

사랑하는 죽은 사람들의 목록 속절없이 길어져만 가.

내 친구 선생들 다 죽고 나만 살아 있다.

왜 이런 이야기를 아무도 해 주지 않았지.

누구도 탓하고 싶지 않아서 책을 덮었어.

내가 가고 나면 너의 그 아름답고 완벽한 머리가 뱉을 애정 어린 비난이 벌써 들리는 것만 같아, 이 헛똑똑이!
나를 이해하려고 하지 마, 그냥 읽어.
책을 읽으라고. 거기에 모든 게 있어.

어떤 분명한 사실과 성취가 내 인생과 영혼을 받쳐 주고 있다는 것, 잘 알아.
내게 주어진 재능과 기품도 느껴져.
그것들을 충만히 느끼고 살며 낭비하고도 모자랄 풍요라는 것도.
하지만 그보다 선명한 다음의 생이 자꾸만 나를 따라다녔어.
나를 가지고 싶어 했어.
그리고……
춥다.
혹독히 춥다.
백 년 만의 추위래.

그런데 계절이 계절다운 거면……

좋은 거 아닌가?

　미친 듯이 활자가 쏟아져 나올 때는 정말…… 내가 이
순간을 위해 나머지의 삶을 견딘 것만 같았고

　보상을 뛰어넘은 새로운 언어를 발명한 것만 같았지.

　아마 나는 그때 이미 알았던 것 같아.

　내 정신의 살결이 모두 모였다.

　그때부터 난 다음 생이었던 거야.

　나로 존재하는 죽음을 그저 받아 적었을 뿐이었던 거야.

　공기처럼 자연스러운 일이었던 거야.

　아이들이 걱정돼. 나의 무엇도 닮지 않기를 바라지만

　이미 너무 많은 것을 줘 버린 것 같아.

　백 년 전에도 나 같은 여자가 있었을 거야. 백 년 뒤에
도 있겠지. 그렇지만 그게 내 딸이라면……

　그러니 부탁할게.

　이 편지가 나의 마지막이 아니길

　지금 이 순간 그것을

죽음보다도 더 원하고 있어.

당신마저도 잊을 수 있게

처음으로 돌아가서

다시 읽는 그런 거,

하지 말고.

다른 것 버릴 생각

추호도 말고.

내가 펜을 멈추는 순간에

박자를 맞춰.

오븐에 넣어.

그리고 내일 아침을 준비해.

할 수 있지?

문을 닫는 당신을 상상할게. 어려운 일도 아니니까.

그날 수화기 너머의 목소리가 들리는 것만 같아. 너, 내
곁에 없었어. 출구도 입구도 아닌 그 문을 박차고 나간

당신의 손에 맡겨진 우리의 신화를

잘 생각해.

내가 정말 당신의 뺨을 뜯어먹었어?

그래도 당신을 만난 건 사랑에 가까운 일이었다고 믿어.

난폭하게 사랑하고 가식적으로 의존하고 두려움에 떨면서도 동행하는 게 진짜 사랑일 수도 있겠다는 생각을 하기는…… 했을 거야.

종이의 썰물이 매서운 나의 사르가소 바다, 모든 것이 기록된 백지수표.

거기를 잘 찾아봐.

나는 펼쳐지지 않은 채로 영원히 살아 있을 거야.

알고 있으라고.

당신의

S.P.

3

이럭저럭 우리애거 안을 수 없을 것 같다. 혼자는 재앙이다. 재앙.
재앙 재앙 재앙 재앙 재앙 재앙 재앙 재앙 재앙
재앙 재앙 재앙 재앙 재앙 재앙 재앙 재앙 재앙 재앙
재앙 평범한 재앙 재앙 재앙 재앙 재앙 재앙 재앙
재앙 재앙 재앙 재앙 재앙 재앙 재앙 재앙 재앙
재앙 재앙 순한 재앙 재앙 재앙 재앙 재앙 재앙
재앙 재앙 재앙 재앙 재앙 재앙 재앙 재앙 재앙
재앙 재앙 재앙 재앙 재앙 재앙 재앙 재앙 넘어진
재앙 재앙 재앙 재앙 재앙 재앙 재앙 재앙 재앙
재앙 재앙 재앙 재앙 재앙 재앙 재앙 재앙 재앙 재앙
재앙 재앙 번식하는 재앙 재앙 재앙 재앙 재앙 재앙
재앙 재앙 재앙 재앙 재앙 재앙 재앙 재앙 재앙
재앙 재앙 재앙 재앙 재앙 재앙 뛰는 재앙 재앙 재앙
재앙 재앙 재앙 재앙 재앙 재앙 재앙 재앙 재앙
재앙 재앙 재앙 표류하는 재앙 재앙 재앙 재앙 재앙
재앙 재앙 재앙 재앙 재앙 살피는 재앙 재앙
재앙 재앙 재앙 재앙 재앙 재앙 재앙 재앙 재
앙 재앙 낡은 재앙 퍼지는 재앙 재앙 재앙 재앙
재앙 재앙 사라를 쑥쑥 재앙 멀리 나라가면 재앙 재앙
재앙 재앙 재앙 재앙 새 생명의 재앙 재앙 재앙
똥 들리는 재앙 재앙 재앙 재앙 재앙 재앙 재앙 재앙
재앙 생각지 않은 재앙 성각하는 것처럼 다른 재앙 재앙
재앙 재앙 재앙 재앙 관곤은 재앙 ❀ 서락을 묶고 없는 재앙
자매 재앙 재앙 재앙 기분인 재앙 재앙 재앙 함께는 재앙이다

07/02:27

2023년 7월 14일 오전 2:25

수정된 과거는 보장된 현재 다만 확실하게 흔들릴 뿐인 미래를 가져다주리라

꿀벌이 완전히 사라지면 우리에게 남은 시간은 단 4년뿐이라고 아인슈타인이 말했다

인간이성애

그것을 말할 때 우리의 기도는 확장된다. 그렇지 않고서는 말할 수 없는 말해질 수 없는 이야기가 그 안에 있는 것이다. 육화된 기도 안에. 멸망. 단절된 역사 독점하는 재앙. 재앙을 독재하는 역사. 절단된 역사의 사지.

모두가 나를 두고 떠났다. 가장 약한 사람, 가장 아픈 사람, 가장 빠른 사람, 가장 가난한 사람, 가장 가장스러운 사람, 들, 떼, 무리, 집단, 정당…… 모두가 나 이곳을 떠났다. 저곳도 나 이곳을 떠났다. 멸망하는 태양의 딸꾹질 한 손으로 하는 운명의 서커스 백지로 돌아가는 말 세상 단하나의 잉크. 나는 하루도 허투루 살 수 없었다. 나에겐 매일이 재건이어야 했다. 자멸하기엔 내가 너무 늦었다. 너무 모르고 너무 혼자였다. 나는 사실을 받아들이며 살았다. 이곳은 이곳을 절대 떠날 수 없다. 말이 말을 배반할수는 없다. (마지막으로 기록된 메모)

어떻게 변했나? 나를 알아볼 수 있나? 보이나? 아름답나? 아름다웠나? 기대했나? 그곳엔 있었나? 눈 뜨면 매번 천장인 세계가 나를 기다리고 있었다. 왜 떠났나? 이곳에 내가 있는데, 왜 갔나?

　깍지 낀 눈꺼풀. 알면서도 다시 웃는다.

　노력해야 사랑할 수 있다. 나는 그랬다.

　손을 흔들었다. 인사였다.

새시대

　저는 미쳤어요 유유상종 끼리끼리 그러니까 내 친구
들 모두 시인이었단 말이죠 얼마나 좋았겠어요 우리끼
리만 읽을 수 있었거든요 우리끼리는 뭐든 다 좋다고
그랬거든요 객관적으로도 사실이었어요 저는 미쳐서
이게 사랑이구나 싶었어요 그래서 못 썼어요 사랑 시
사랑 시 생각만 하느라 사랑은 보이지 않으니까 내 눈
앞에 살아 있는 사랑 사람들 그것만 보려고 언제 달라
질지 모르는 마음이니까 닳아져라 보기만 했어요 나서
지도 못하고 혼자서 끙끙 앓았어요 가끔은 그랬어요
나 사랑 좆도 모르는 거 같아 사실이에요 나는 미쳤잖
아요 미친년이 사랑하면 미친 사랑이지 사랑은 아니잖
아요 돌아 버리잖아요 그래서 못 쓰는 거예요 나도 쓰
고 싶다 사랑 시 사랑 사랑 할 때마다 미치 못하게 쓸
때마다 구역질이 나 뒤가 간지러웠어요 근데 뭐 이게
나쁜가 그래서 그냥 안 썼어요 못 쓴 거였는데 말은
그렇게 했어요 안 들키기만 하면 되는 거잖아요 이걸
누가 읽겠어요 있는지도 모를 텐데 내가 말해 주지 않
으면 보이지도 않을 텐데 쉽게 써 왔습니다 누구는
야 정말 기막히다 할지도 모르겠지만 그냥 썼습니다

별 이유도 없고요 하지만 사실만을 쓰고 싶었을 뿐 그게 미친 사랑이어도 어쩔 수 없었던 일이고요 사실 내가 제일 정상인지도 몰라요 다들 어떻게 알아 사랑을 그죠 아는 척하면서 살고 하고 그러는 거지 다 몰라서 실수하는 거예요 애도 낳잖아요 자기와 자기의 복제품이라니 정말 끔찍해요 너넨 실수하지 마 친구들에게 신신당부하고요 저는 절대로 안 해요 여자랑도 안 해요 혹시 모르는 일이잖아요 손으로 한 사랑이 나올 수도 있는 거고요 비과학적인 일이라고 치부하기엔 말도 안 되는 일 더 많으니까 말도 마세요 사실 내 데뷔 사랑이었어요 얼마나 끔찍한 일이에요 실수에 실수를 곱할 뻔했어요 평생 사랑으로 붙였더라면 나는 더 미쳤겠어요 다행이지요 아니면 그때부터 모르게 된 걸지도 아니면 빼앗긴 걸지도 사랑하실 분들에게 바칩니다 모든 걸 계산하세요 위험에 내몰리지 마세요 맞지 마세요 피 보지 마세요 밤의도 신중하게 할 거면 안전하게 안전하게 모든 형태의 사랑 모든 유형의 가족 존중합니다 인정합니다 응원합니다 그래도 결국 남는 건 없고요 추억 정도 남겠죠 그만도 못하면 기억 이런 진부한 말 다들 들어본 적 있잖아요 진부하잖아요 지나간 일인지 다 알면서 하는 거 알고 있잖아요 알면서도 하는 일 어째 보니 그건 용기군요 대담함이군요 몰랐어요 이제야 알았어요 미안해요 그래도 난 쓸 수 없어요 어떻게 해야할지 모르겠어요 알려 준대도 이미 실패했어요 괜찮아요 사랑 아닌 게 얼마나 많은데요 평생 그것만 말해도 아이고 벌써 바빠요 머리도 아프고요 그러니까 기억하세요 아무튼 아무튼지 간에 세상 천지에 아무도 없는 나도 이렇게 사랑 없이 잘 살고 잘 쓰고 잘 싸요 혼자서도 참 잘해요 야 너무 할 수 있어요 손과 의지만 있으면 돼요 쓸 수 있어요 쌀 수도 있다고요 부끄러워하지 말고 우선 하는 겁니다 해 보고 안 되면 그때 얘기해요 내가 해 줄게요 말뿐이래도요 이게 진짜 사랑이지요 안 그래요 진짜 진한 사랑이라고요 이게 물보다 피보다 진해요 진하게 사랑하는 거예요 할 거면 제대로 하자고요 나 당신 정말 사랑해요

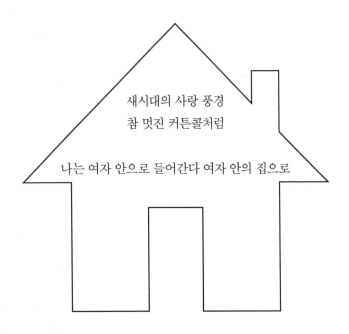

새시대의 사랑 풍경
참 멋진 커튼콜처럼

나는 여자 안으로 들어간다 여자 안의 집으로

이야기서점이야기

눈먼 노인이 오래된 서점으로 들어온다

이곳에 완벽한 지하실이 있다고 들었는데 내 그곳에서
그림 한 점 그려도 되겠소
지상에서의 시야가 나를 너무나 괴롭히오 눈이 부셔서
그림을 그릴 수가 없소
내가 구겨지는 것만 같소

어둠에 어둠을 더한다고 해서 더 어두워지지 않는다
그러나 가끔
보이는 걸 더 본다고 해서 더 잘 보게 되지 않는다

눈 감고도 그릴 수 있다는 말
참 참인 말

나도 꿈같은 이야기 쓰고 싶다
돌아누워도 선명한
뼛자국 같은
그런 이야기

> 틀어진 내 갈비뼈 만지는
미래에만 존재하는 나의 동물
말한다

하강하고 있구나

빛 새지 않는 아래
눈 감으면 들려오는
땅의 피부결
진동한다

종이를 떠나는 순간 내 손안의 펜 죽는다
멈추는 순간 내 마음의 이야기 마른다

조용히 그린다 요동치는 동공으로
끊이지 않는 사과 껍질처럼
완성되는 실루엣

우리

눈 마주친다

잠에서 깬다

○ 미국 뉴욕에 위치한 스트랜드 서점Strand Bookstore. 16세의 알베르토 망구엘이 일했던 서점으로 유명하다. 당시 눈이 조금씩 멀어 가던 호르헤 루이스 보르헤스가 스트랜드 서점을 들락거리며 알베르토에게 보수를 지급할 테니 몇 시간씩 매일 책을 소리 내어 읽어 달라고 요청했다는 일화가 있다. 시력을 완전히 잃은 보르헤스는 스트랜드 서점 지하실에서 자화상을 그렸다.

창작 수업

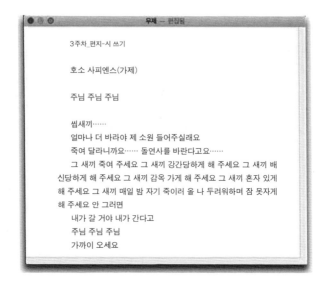

「호소 사피엔스」, A시인의 시 창작 수업 과제가 될 뻔함

어때요?

뭐 이런 마음을 달고 사나 "타인을 미워하는 건 자기를 괴롭히는 바보 같은

짓이에요!"

안쓰러워요?

더럽게 쓰고 싶었어요

아무도 허락해 주지 않았거든요

아니다 허락이라기보다는 뭐랄까……

구리다?

맞아 구리니까, 그러지 말라고. 그런 건 그냥 속엣말로 두라고.

—감상이 지나치고 감정이 질척대는데요, 조금 절제해 보심이? 사실 독자로서는 조금 부담스러워요.

절제절제절제절제절제절제절제절제절제절제절제절제도 많이 하면 부담스럽습니다 그건 왜 몰라요?

금칙 같은 것들이 있죠, 예를 들면

　　　선생님 쓰지 않기

　　　설명하지 않기

　　　단언하지 않기

　　　미리 생각하지 않기

　　　정답을 제시하지 않기

　　　주어를 똑바로 잡되 '나'는 쓰지 않기

　　　시에서 시 얘기하지 않기 (구림)

　　　꿈 얘기 쓰지 않기 (사실상 치트키)

(비겁하고)

ㅋㅋ 웃겨 정말
지들은 다 해 놓고선

선생님,
저 선생님 믿어도 돼요?
다 말하고 싶어요
그런 다음에는……
            싫어요

선생님도 모르겠죠
표정 보니까 그런 것 같아요

이거,
영원히 남는 거야

어쩌라고요

답장하지 마세요

소설 「모두가 죽지 않는다」를 위한 초기 구상

퍼스널 아키비스트

(사유재산 관리자 — 사후 전문)

죽은 사람들의 생전 기록을 면밀히 검토하여 미처 말해지지 못했던 삶의 부분들을 (일부) 들추어서 죽음의 무게를 적절하게 맞추는 일을 한다.

자살의 경우 : 납득에 목적이 있다. (이해)

타살의 경우 : 합법적인 애도 과정을 마저 치르는 데에 목적이 있다. (추가 기술 필요)

기록의 양의 따라 일차적인 비용이 부과되나, 검토 중 그 범위나 강도가 지나치다고 판단될 경우 추가금이 발생할 수 있다. 이 경우에는 검토를 일시 중단하고 의뢰자와 상의한다. (한국노동정신건강의학회 강령 중 "사후 개인 기록물에 관한 법률적 처리 조항"을 참조)

회사 같은 건 없다. 이제 그 개념은, 지루하다. 의뢰자 방문 시에도 불편할 것이다. 인공지능으로 생성한 사진을

〔본인확인증명서〕로 발급받는 사람이 대폭 늘었다는 기사를 읽었다. 공원에서. 공원도 자연에 아름다움이라는 개념을 인 공 적 으로 욱여넣은 것 아닌가, 싶은 생각을 하면서, 걷는다. 조금씩 미화된 서류가 개인의 최종 문서로 남게 되고, 이제 기억이랄 건 없겠다 싶은 생각을, 걸으면서 했던 생각, 을 쓰고 싶은

〔이후 2쪽 탈락〕

"36세 때부터의 일기밖에 없네요? 그 전의 일기들은 없나요?"

"길이나 형식은 다를지 몰라도, 이만큼의 일기를 쓰셨다면 그 이전에도 무언가 꾸준히 흔적을 배양했을 가능성이 매우 높아요. 어느 날 갑자기 이런 걸 쏟아내는 경우는 드물거든요. 서서히 선명해지는 것이지 나타나는 게 아니라요. 어쩌면…… 유전 같은 것일지도요."

"그렇게 깊숙한 곳이 아닐지도 몰라요. 들키고 싶은 마음이 조금도 없었다고 단정 짓기도 어렵고요. 그러니 지나친 곳부터 한 번 더 살펴보시고요, 혹 원하시면 디깅업체를 연결해 드릴게요. 뭔가가 나올 거라는 보장은 못 드리

지만 확률은 높습니다. 디지털 기록의 경우는 사람의 손이 필요한 일이 아니라 생각보다 가격이 괜찮을 수도 있어요. 이 부분은 생각해 보시고 알려 주세요. 오늘 가져오신 기록물부터 우선 검토를 원하신다면 계약서 작성하고 작업 진행하도록 하겠습니다. 기간은……"

결과물은 다음과 같다

가) 목소리 변조 (부가 서비스 [죽음으로부터의 전화] 신청 별도)

나) 딥페이크 (VR, 영상통화, AI 재회 서비스 등으로 확장 가능)

다) 필체 복원

라) 유서 대필 및 위조 (법적 효력 없음)

마) 새로운 기록물 대리 창작 (살아 있었더라면 지금은)

바) 구두로만 안내

사) 일체 폐기

아) 우리가 놓친 게 있어요 (?)

내가 무너질 날

현재가 과거를 압살한다

　　—움츠러들지 말았어야 했어.

그런데 간밤에 내가 무너진 거야

　　—움츠러들지 말았어야 했어.

적응하다 : 물리적 공간에 따른 일종의 자아 변형

이것은 융통의 부재나 성격의 탄성을 오가는 말이다. 내가 아니라 문장이 변화의 주체다. 상황에 따라 맞거나 틀리는 일이 된다. 틀렸던 쪽은 내가 아니라 문장이다.

내게 막 와서 우는 것들이 시들어 가는 것처럼 버겁지만 나는

자주 안겨서

갇혀 있다고 생각했다-갇혀 있겠다고 생각했다-어쩌면 이 모든 생각이 나를 가둔 것이라 생각했다-그럼 나는 애시당초 무어였나 생각했다-가장 큰 무엇이 아닐까 생각했다-그렇다면 난 왜 이렇게 작아진 것일까 생각했다-나를

쥐고 흔든 크고 검은 손들에 대해 생각했다-그들을 탓하지 말자고 생각한다-날려고 하니 나는 것은 무엇일까 생각한다-나는 생각한다- √생각을 멈춰-생각을 생각하는 걸 멈춰-생각하지 않는 게 어떻게 가능한 건지 생각하는 걸 멈춘다는 생각-하지 마-생각-적당한 생각-생각이 너무 많다는 생각-그런 생각은 이미 하고 있다는 생각-멈추지 못할 것 같다는 생각-그만두는 법을 모르겠다는 생각-그만둬-계속하게 될 것만 같다는 생각이 생각을 훼방하지 못할 것 같다고 생각한다-"너는 생각을 좀 그만할 필요가 있어"-당신이 생각한다-당신의 목구멍이 간지럽다-목구멍은 간지럽다는 느낌은 생각일 뿐이다

베케트의 돌맹이이자 바르트의 피아노이면서 애트우드의 진짜 이야기인 것
나였던 것

열고 닫힌 모든 것에 대한 가능성이 행진한다.

그는 꿈꾸는 듯한 표정을 하고 말했다는데* : "나의 가장 큰 적은 소진된 인간의 피핍함이다."

애인은 잘 때 물리적인 공간을 넓혀 가는 편이다.
대각선으로 긴 몸을 쭉 하고 펴면

당신이 아니라면

나란히 짧은 직선도
여백 묵살하는 삼각형도
내가 아니다.

엄연이라고 말하면 말에 무게가 실린다기보다는 허영을
확신하는 셈이 된다.

나는 이제 무너질 날 시험하거나 의심하거나 질타하거
나 비난하거나 불안을 증식시키거나 내일에 대한 확신 없
음으로 나를 협박하거나 진실을 덜미로 폭행하지 않는다.
신에게 감사하다.

신은 저마다의 신. 저마다의 가장 작은 신.

모두가 약해지는 아침에 강해진다. 희석된 미움이 터질
듯이 환생하는 시간이다. 아침에 자주 상처 준다.

말은 안 해도 나의 필요를 관찰당하고 싶기는 매한가
지다. 일정 부분 모두의 필요에 섬세하다고 느낀다. 소외
감을 느끼는 당신이 더 많다면 나는 아주 올곧게 틀린 것
이다.

무대에 서는 꿈.

장면이 구토하는 꿈.

우리 둘에게 침대라는 세상은 아무래도 비좁다.

플룻을 휘둘러라!

(   )(은/는/이/가)거리가 아닌 시간으로 답한다
너 어디야? 나 십오 초 정도

관측하는 순간 분기되는
슬픔은
언제나 있어 왔고

> 내 칼날 같은 초침 언제나 중간에서 미친 듯이 휘청였
지 누구를 언제를 가리켜야 할지 모르겠어서

하지만 가끔 그 핏기 어린 과녁

맹렬하게 뒤로 넘어갈 때면 난 언제나

그 얼굴을 모른다.

너는 누가 이런 말을 하면 기겁을 했었지
　　　—나였어야 했어.

그 누구도 속되게 말하진 않지만

내가 나를
너무 길다고 생각한다.

✓ 생각하며 묵독한다.

(   )⁽ᵉⁿ/ⁿᵉⁿ/ᵒⁱ/ᵍᵃ⁾를 채워 본다.

* "어떤 이들 말로는 한 작가의 생애에 관해 던져야 할 질문은 이것이라고
한다. 그는 무엇을 하면서 하루하루를 보내는가? 사뮈엘 베케트의 친구
하나가 전하는 바에 의하면, 어느 날 베케트는 꿈꾸는 듯한 표정을 하고
있다 말고 이렇게 혼잣말했다는데. "조이스는 언제 글을 썼을까? 아마
밤중이었겠지.""(나탈리 레제 지음, 김예령 옮김, 『사뮈엘 베케트의 말
없는 삶』 워크룸프레스, 2014, 91~92쪽. 강조는 인용자).

편지 생일

안녕, 생일 축하해. 나는 잘 못 지내. 갇혀서 책도 못 읽고 있어. 그런데 가끔 편지는 쓰게 해 주거든. 다른 사람들 등 굽어 가며 누군가를 위한 무언가를 쓸 때 난 그냥 창밖을 봤어. 내 생각엔 그곳에 훨씬 더 아름다운 게 있는 것 같았거든.

사실 네 생일인 줄 몰랐어. 여기서 같이 지내는 사람들이 있는데, 맞은편 침대에서 지내는 언니가 오늘 아침 사람들한테 작년 가을에 주워 말린 낙엽을 하나씩 주는 거야. 진짜 소중한 거라면서. 작고 푸르고 붉고 노랗고 저마다 제멋대로 색이 바래고 그러면서도 금방 부서질 것처럼 건조해서 막 들여다보지도 못해. 두 손 모아 받은 그 나뭇잎을 어찌하지도 못하고 한참을 그대로 있었어. 아직 생생하게 발작하는 창 너머의 나무들을 보면서 어쩌지, 어쩌지, 속으로 백번 되뇌었어.

세상에서 제일 약한, 모양도 색도 제멋대로인, 내가 줍지도 않은, 그저 주어진 것에 불과한 이 낙엽 하나 동봉한다. 아마 너에게 가는 도중에 다 부서지겠지. 엉망이 될 거야. 거칠고 맹렬한 입자가 될 거야. 정말 그랬으면 좋겠다. 너는 뭐든지 받으면 그걸 벌처럼 여겼잖아. 그래서 받

기만 하지 못하고 꼭 되갚아 주곤 했지. 받는 순간의 당혹
스러움을 돌려주려고 복수하는 것만 같았어.

자, 이건 뭣도 아니야. 진창이 된 이 나뭇잎 하나가 너
를 조금이라도 자유롭게 했으면 좋겠다. 그렇게 조금 풀어
헤쳐진 마음으로 더 크고 미쳐 있는 귀한 것들을 받을 수
있게 되면 좋겠다.

내 맞은편 침대 언니는 내가 너무 좋대. 그래서 그중에
서도 제일로 예쁘고 특이한 낙엽을 골라서 준 거래. 나는
그 이유 모를 사랑이 사실 좀 부담스러워. 너한테 줘 버린
걸 알면 아마 정말 화낼지도 몰라. 그때는 나를 미워하는
사람이 되겠지. 이유도 있고. 그게 나을지도.

나는 차도가 없어서 당분간은 여기서 계속 지낼 예정이
야. 근데 나 여기가 정말 좋아. 너네 다 안 봐도 되고, 다
안 읽어도 되고, 다 안 들어도 되고, 안 돌봐도 되잖아. 그
러니까 내가 불쌍해지려거든 이 부서진 낙엽 보며 다 밟
아라. 날 보며 쉽게 우그러뜨리던 니 그 마음도 아직 내게
못 돌려준 그 마음도 전부 다. 멈춰서 뒤돌아보는 그런 거,
이제는 그만하라고.

나뭇잎은 나무의 것일까? 그렇다면 나무는 왜 이렇게

무책임한 거야? 끝까지 끝까지 붙잡고 있지도 못하면서. 매년 매번 그렇게 많은 너무 많은 이파리들을. 그게 아니라면 나뭇잎은 나무의 것도 잎의 것도 아니라면 그렇다면 도대체

말이라도 할 줄 알았으면

그래도 변하지 않는 사실

너는 여기 있고 나는 거기 있다는 거

믿는 구석 하나쯤은

아마 너랑은 영영 친구 못 하겠지. 창밖의 풍경이 지겨워지면 말할게. 나 드디어 다 본 것 같다고. 빠개져도 다시 올라오는 현상 같은 게 있었다고. 그게 내 몸을 가득 채우고 있었다고.

근데 나 왜 낙엽을 보고 네 생일인 걸 알았을까? 혹시 아니?

알게 되면 알려 줘

알게 되면

언니나무

언니는 싫어하는 게 많다. 언니는 가끔 크게 말한다. 언니를 괴롭힌 사람 언니의 언니를 익사시킨 사람 언니의 안경을 부러뜨린 사람 언니의 책을 다 찢어 놓고 모른 척 다른 책을 잘만 사 읽던 사람. 언니는 기억력도 좋다. 그들의 이름을 하나하나 다 말한다. 언니는 농담하지 않는다. 언니는 진심으로 바란다. 다 디이졌으면 좋겠어. 이윽고 언니는 그렇게 말하지 않기로 결심한다. 왜냐하면 그렇게 말할 때의 언니가 너무 귀엽기 때문이다. 언니는 생존자야라고 말했을 때 언니는 동의하지 않았다. 이게 생존이 맞냐고. 언니는 지독했다. 언니는 혼자 있었다. 혼자 있으면서 시를 썼다. 아직도 시를 쓴다. 언니는 살아남은 게 아니다. 언니는 살아남기 위해 살지 않았다. 언니에게는 자궁이랄게 없었다. 생리도 하지 않았다. 언니의 몸에는 엇나간 철길에서 삐져나온 철근 같은 것이 있었다. 징그럽게 울퉁불퉁했지만 그게 없었더라면 언니는 진즉 녹아내렸을 것이다. 지나치게 두텁고 우악스런 언니가 어쩌면은 쇠로 만들어진 게 아닐까 싶었다. 언니는 너무 컸다. 일찍이 언니는 언니가 아니게 되어 버렸다. 언니는 싫어하는 게 많았다. 그게 무슨 삶의 이중 작용이라도 되는 것처럼, 무언가를 미워하지 않고서는 살아남기 힘들다고 생각하는 인간처럼. 그런 언니를 사람들이 다시 미워하는 것은 쉽고 당연한 일이었다. 언니는 체념하지 않았다. 언니 당신이 더 많이 미워할 수 있을 거라고 믿었다. 언니는 미친 사람처럼 굴었다. 나는 그게 언니 탓이라고 생각했다. 언니가 미워하는 게 너무 많으니까. 나는 그런 언니가 싫었다. 어느 날 언니는 아주 큰 은행나무로 전부가 다 가려진 기기괴괴한 건물의 옥상에서 떨어졌다. 나무가 필요 이상으로 거대하고 복잡했던 나머지 하강하는 언니를 가만히 내버려두지 않았다. 언니 나무에 걸렸네. 언니는 그 은행나무를 죽이지 않고서는 못 살겠다고 소리쳤다. 언니는 허공을 가로지르며 자기가 미워싫어했던 것의 이름을 얼굴만 한 이파리에 하나씩 적어 그것을 불태웠다. 나무는 서운할 만큼 앙상해졌다. 언니는 연소되었다. 사람들은 좋아했다. 이파리가 없어도 나무는 나무니까. 좋아라 했다. 가려졌던 창문에 숨통이 트여서 도시의 바깥을 한참 내려다볼 수 있다고. 우리는 안전하게 여기서 그저 모든 것을 다 바라내려다볼 수만 있다고. 좋아라 했다. 하지만 나무는 멈추는 법을 몰랐고 계속해 역행하며 하강했다. 솟아나는 끝들이 하늘을 마구 찔렀다. 다시는 안 날 것 같던 이파리도 다 피었다. 더 징그럽게 더 많이 더 크게 더 많은 것을 가렸다. 다시 시야가 좁아진 사람들은 보이는 것을 더욱 자주 보게 되었다. 그렇게 은행나무가 새롭게 번거로워질 즈음에 사람들은 언니 생각을 하고 있지 않다는 걸 깨달았다. 그렇게 미워했는데도 미움이 끝나버렸다는 사실에 놀라워했다. 언니더러 죽어서도 죽지 않는 징그러운 년이라고 욕했다. 사실 칭찬이 아닌가, 사람들이 조금 바보 같다고 생각했지만 밉지도 싫지도 않았다. 나는 안경을 다시 고쳐 쓰면서 큰 소리로 또박또박 말했다. 그년의 입 좀 다물라고

─뭐, 이런 이야기가 있었어요. 그래서 그냥 베어 버렸죠. 게다가 뿌리가 너무 자라는 바람에 아스팔트가 다 찢어졌잖아요. 봐 봐요. 차가 못 다녀요.

인간나무

　—이것 봐, 얘는 아무런 소리도 박동도 없어. 그렇다고 해서
나무에 심장이 없다고 말할 수 있니? 넌 거짓말쟁이야. 끔찍해.

　자려고 누우면 조막만 한 심장이 튀어나올 것 같다고
　심장이 가슴이 아니라 귀 옆에 있는 것 같다고
　그래서 가슴을 부여잡는 게 아니라 귀를 틀어막고 잔다고

　그 애가 말하는 꿈
　그 애의 규칙적인 소리

　끄으으으음 찌이이이익

아스팔트가 기울어진 길

말맛이 좋군
입안에서 여러 번 굴려 본다
어쩌면 칭찬이었을지도 몰라 이렇게 맛이 좋다면

생각하면서 꿨던 꿈을 또 꾸고 또다시 꿔

보려고
달린다

나무를 꽉 껴안은 채로
두 귀를 바짝 가져간 채로

세게 막는다

빠진다

응응

이파리의 기분

— "나무는 왜 이렇게 무책임한 거야?"에 대한 항변(118쪽 참조)

나 우주의 아기

살아 있길 참 잘했다고 생각되는 순간

있었지

약 같다는 말

나 있어도 괜찮구나 괜찮은 거였구나

엉덩이가 짜릿해

뇌는 깨끗하고

머리는 비었어

진동만이 있어 웅웅 기분 좋은 웅웅웅

나 사랑스러워

나 지금 너무 사랑스러워

똥꾸멍이 시원해

온갖 구멍이 다 다 시원해

숭숭숭 바람 지나간다 나는 통로다 나로 인해 생겨난다

내가 경사다

내가 직립이다

내가 수평이다

쏟아진다 채워지는 방식으로

나의 방향이 중력이다

떨하는

박하사탕이다

4

멋쟁이 토마토 A 씨의 치료 일지

■■■■.■■.■■ (Thu)

흠씬 두들겨 맞아 의식을 잃은 멋쟁이 토마토 A 씨가 금일 오후 □ 씨께 응급으로 왔다. 애매한 흠과(흠채?)는 말로 포장해서 넘겨질 수도 있었겠지만 멋쟁이 토마토 A 씨의 상태는 심각했다. 머리와 몸통 사이의 꼭지 연골이 파열됐고, 토마토의 핵심 성분인 담즙을 생산하는 쓸개가 심각히 손상되어 담즙 색소량이 치사량 수준으로 낮았다. 제철에 수확된 것으로 보이나 위와 같은 이유로 초록빛을 띤다. 최소한의 절개를 위해 연골 재생 주사와 인공 담즙 투여 치료로 결정.

■■■■.■■.■■ (Wed)

잠투정이 심하다. 멋쟁이 토마토 A 씨와 같은 중증 흠과는 습도와 강수량 및 채광을 인위적으로 조절하는 특수 보호실에 머물게 된다. 보통 하루 이틀 정도면 호전을 보이는데, 멋쟁이 토마토 A 씨는 역시 예외다. 의식 패턴이 불안정하다. 채성 신경안정제 추가 투여 결정.

■■■■.■■.■■ (Fri)

다수의 의료진이 과채 이상 반응을 호소하여 토마토 A 씨에 대한 밀접한 관찰이 어렵게 되었다. 그들의 진술에 의하면 토마토를 향한 다소 신경질적인 반응은 과거에 겪었던 도채 및 강제 섭취에 대한 복제 반응으로 사료된다. 간호사 △ 씨는 회복 중이었던 멋쟁이 토마토 A 씨의 병실로 침입하여 과도 등의 흉기로 살해 및 섭식을 시도했다는 혐의로 금일 오전 체포되었다. 이상 반응을 보이지 않는 소수의 의료진이 새롭게 배치되었고 토마토 A 씨는 분리 병동으로 이송.

■■■■.■■.■■ (Tue)

'토마토 먹으면 토한다.'

■■■■.■■.■■ (Mon)

보호 치료 ○일 차. 멋쟁이 토마토 A 씨가 조금씩 회복의 양상을 보인다. 연골의 재생 속도가 빨라 심지의 경도역시 정상 수치로 돌아옴. 그러나 금일 쓸개에서 추가 외상이 발견되어 체포된 간호사 △ 씨를 유력한 용의자로 보고 있음.

■■■■.■■.■■ (Wed)

시간당 평균 27회의 소음이 관측됨. 62kHz.* 횟수와 주
파수 모두 정상 수치를 넘어서므로 보호실의 환경을 극도
로 조정하였음.

■■■■.■■.■■ (Wed)

채액 내에서 자연 분해되지 않은 소량의 토마틴**이 발
견됨. 탈수의 위험이 있었으나 추가 숙성 치료로 해당 성
분 제거 작업 시작. 소음의 빈도와 주파수는 다소 호전되
었음.

■■■■.■■.■■ (Fri)

얼마 전 진행한 초음파 검사 결과가 나왔다. 콜레스테
롤 수치가 매우 높고 채내 비타민 D 결여가 심각하다고
했다. 채소를 곁들인 식단을 위주로 하는 실천 치료를 처
방받았다.

■■■■.■■.■■ (Tue)

'토마토는 거꾸로 하면 토마토'

■■■■.■■.■■ (Tue)

멋쟁이 토마토 A 씨의 상태가 상당히 호전됨에 따라 담당 의료진이 최소화됨. 쓸개즙의 수치가 정상 수준으로 회복되면 비명 반응 방지를 위한 재활 치료 후 퇴원 예정.

■■■■.■■.■■ (Sun)

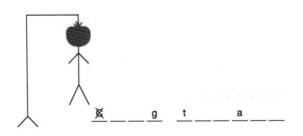

■■■■.■■.■■ (Tue)

'토마토는 빨개 빨가면 뒤진다'

■■■■.■■.■■ (Sun)

"지루한 것보다 죽는 게 낫다."

—마크 트웨인

제136호

Fruitimes
■■·■·■·■■

이상기후로 인해 평년 기온의 변동이 커지면서 다종의 토마토에서 유해 성분이 다수 검출되었다. 그중 유난히 까다로운 재배 조건을 가진 [멋쟁이 토마토]는 유사 멸종 사태에 이르러 농민들의 호소가 이어졌으나 당국은 별다른 움직임을 보이지 않고 있다. 이에 더해 지난달 때아닌 폭설로 많은 농장이 침수되어 약 7억 원가량의 손실 피해를 입었다.

╋╋의학병원에서 대상체 실험 및 종 복구를 위해 치료 중이던 '멋쟁이 토마토 A 씨(나이 미상)'가 지난 ✗✗일 사망하여 농업계에 또 다른 충격을 가져다주었다. 의료진에 의하면 그는 원활히 회복 중이었으나, 심각한 탈수 증세를 보이며 의식을 잃은 뒤 사망에 이르렀다고 밝혔다. 하지만 과채 토마토의 경우, 치사 수준의 탈수증세를 보이려면 상당 수준의 절개가 필요한데 이에 따른 상흔이 발견되지 않아 조사에 난항을 겪고 있다. 검찰은 해당 병원의 의료진을 상대로 전면 수사에 나섰으며, 치료 일지 등 모든 자료를 압수수색할 예정이라고 말했다.

주치의 ♥ 씨는 멋쟁이 토마토 A 씨가 사적인 일지를 작성했다고 주장하며 해당 자료를 검찰에 제출했다. 검찰은 유가족의 뜻에 따라 해당 일지를 공개할 수 없으나 사건 수사에 큰 진척이 있었으므로 곧 수사 결과를 발표하겠다고 밝혔다. 이는 단순히 멋쟁이 토마토 A 씨 개인의 사망에 그치지 않는, 다가올 미래에 큰 결여를 불러올 수 있는 유사 멸종 사건으로 간주되어 전 국민의 관심을 모으고 있다. 기사 전문은 웹에서 확인 ☒

작성 | 한아름 기자

태초에 집이 있었다

집에서 태어난 사람은 울 줄 모른다고 배웠다

나는 공원에서 태어나고 공원에서 자라고 공원에서 죽
는다
내가 아닌 것을 만나거나
내가 나인 것을 만나서

나는 오늘 죽을 수도 있겠다는 결심을 했다

걷다 보면 아주 많은 것을 만나게 된다 이를테면 (나열이라는
것을 배웠다 걸으며 본 것을 나열):

머리에서 빛이 나는 사람
가로등을 이고 있는 것 같다
열심히 무언가를 찾는다 자기보다 한참 낮은 풀숲을
마구 뒤지면서 질서도 도덕도 없이
거기는 내가 잘 아는데 별게 없는데
혹시 돈이란 게 있나 하지만 쓸모없는 일 백날 뒤져도
여기엔 없을 것이다 당신에게 필요한 것은

137

비린내 나는 천변 너머로는
하얀 새들이 제 목에 머리를 뉘어 잠을 자고 있다
서서 잔다 그것은
언제든지 도망치기 위함이다 내가 잘 안다

날개가 있는데도

새장에서 태어난 새는 날 줄 모른다고 배웠다
혹시……

평화로운 밤의 공원
기억에 없다는 그 표정

포획당한 동물이
하얀 면보에 싸여서 우람하게 뒤틀린다
낮게 걷다가 마지막으로 본 것이다^{(나열이 끝나지 않고 계속된다 너는}
이것을 비열하다고 여길 것이다)

작디작은 내 발소리 들었는지
가까워질수록 격렬해지는

잉어? 고양이? 저만한 동물은 공원에 그렇게 많지 않다
아니면
혹시……

모든 걸 삼킬 것처럼 펄떡이던
그 하얀……

금방이라도 날아갈 것만 같던

날개가 없는데도

나는 너의 얼굴을 기억할 수 있다
너는 공원에 오는 사람이다

나를 그만 날아가게 해 줘
나를
해 줘

이렇게 쓰세요

시간이 있고 공간이 있고 과거와 기억이 있고 설명 없고 묘사 있고 발화하는 나무가 있고 자지러지는 토끼가 있고 구두로 머리를 찍어 내리는 풀이 있고 진술하는 병아리가 있고 시절 같은 거 다 잊어버린 모부가 있고 나를 때리던 친구와 보고도 모른 척 재주가 재능이었던 선생님이 있고 말 못 할 여자의 사랑이 있고 꿈에서도 죽는 돼지가 있고 죽어도 싼 망할 놈이 있고 모두 예쁜데 저만 못생긴 캥거루*도 있고 죽은 동생 닮아 더 잤으면 더 잘 잤으면 하고 바라게 되는 코끼리**가 있고 유리를 볼 줄 아는 새가 있고 바람 타고 씨 뿌리는 죄악이 있고 의식이 없는 만기의 태양이 있고 없는 자식도 만들어 내서 다 죽여 버리는 거미들이 있고 날개 없는 선풍기가 있고 당신과 멀리 있는 내가 있고 불러도 촌스럽지 않은 그 애가 있고 사랑하는 것들의 목록이 있고 더불어 미워하는 마음이 있고 힘이 생긴다면 가장 먼저 찢어 버리고 싶은 돈이 있고 열 손가락 사이의 삼각형이 있고 모든 걸 확신하지 않는 애매하고 모호한 바보 시인이 있고

이것을 다 묶는 의식이 있으면 좋아요 이를테면 사상

같은

　　그런데 괜찮아요

　　이렇게 쓰지 않아도

　　쓰지 않아도 된답니다

* 에밀리 디킨슨의 시집 『모두 예쁜데 나만 캥거루』.
** 김종삼의 시 「허공」.

지나친 다정함의 고통*

다정아 지금 내 기분이 어떠냐고? 그런 것 좀 묻지 마 뻔날 전자 궁금해지도 않으면서 그런 건 왜 물어봐 내 기분을 말해 줘? 기분이라는 말만 들어도 처가 떨려 그냥 확 죽어 버리고 싶어 기분이라는 거 제대로 아니 조금이라도 아는 사람 있으면 나 좀 보여 줘 봐 내가 묻고 싶다 그 망할 기분이라는 게 도대체가 뭔지 뭔데 이렇게 사람을 바보로 만드는 건지 너는 내가 아무리 좋은 기분을 들고 와도 내 말이면 넌 얼굴이 일그러져 너도 못 숨기잖아 얼굴로 말하잖아 불편 기면서 왜 물어봐 좀 잘하자 서로 응? 그런 거 안 물어봐도 되잖아 어젯 전에 나가 어제지도 못하잖아 굳이 내 기분 같은 걸 묻고 캐야 속이 시원한 거야? 내가 어떻게 말해도 사람들은 다 똑같아 정말 너랑 똑같아 어쩔 줄 모르겠다는 표정을 하고서는 날 긁어보지 근데 인간이 인간을 궁금히 여길 수 있어? 그게 정말 정의로운 거니? 난 도무지 모르겠어 왜 그렇게 착하면서 사는지 도통 이해가 안 돼 묻기는 게 죽갈대는 거야? 내가 죽갈대? 안 읽는 데 읽는 척 안 보는데 보는 척 모르는데 아는 척 없는데 있는 척 있는데 없는 척 못 하고 안하는데 하는 척 다를 척만 하고 진짜인 건 하나도 없어

니가 걸 그때 너는 착하느라 마르잖어 빠빠서 아무것도 못 보고 살잖어 삶의 태도랍시고 온갖 좋은 말 다 갖다 붙이는 게 정말 사는 거니? 전자야 그게? 그러면서 정작 놓치는 게 뭐야 뭘 놓치고 있는 건지 생각이나 해 봤어? 전자 중요한 게 뭔지는 생각이나 해 봤냐고 다정아 너는 니가 다정한 게 자랑인 거 같지 막 아무한테나 잘해 주고 그러는 게 자랑이지 아 그거 다 자랑이야 누구 좋으라고 하는 건데 너 좋으라고 하는 거잖아 서로 죽자고 달려드는 다정이 잖아 처먹는 다정이들 제발 우리 그러지 좀 말자 이제는 그러지 좀 말자 어? 내가 죽고 싶어서 그래 다정아 나 좀 살려 주라 너 아니면 내가 누구한테 이런 이야기를 하겠어 응? 내 말 들려? 듣고 있어?

* 칼릴 지브란, 「십자가와 왕관」, 『예언자』.

전부

애인 약 사러 약국엘 갔더니

나더러 눈 밑이 검댔다

약사의 눈빛과 미간

왜 이렇게 나를 걱정하는 거지

괜찮습니다 안 죽어요

죽어 가는 건 내가 아니어서요

오늘은

법치성

시간의 묘술은 언제나 관습 밖에 있습니다. 의무와 책무를 생각하면 한없이 부족하게 느껴지다가도, 물리를 떠올리면 하루가 하루 아닌 것이 되니까요. 물리는 제 친구인데, 말을 잃었습니다. 고파서 제 말을 다 먹어 치웠대요. 물리는 나의 유일한 말동무입니다. 말은 않아도 당신보다 백배는 나아요. 물리는, 나의 물리는 얼굴로 말을 해요. 눈으로, 가의 주름으로, 패인 뼈의 그림자로, 규칙이 없는 눈썹으로, 보랏빛을 띠는 애처로운 손톱으로, 부끄럼 없는 눈물로, 굳은 것도 활력이 넘치는 것도 아닌 근육으로요. 내가 말을 하면 듣는 것에 열심이다가도, 이내 볼이 상기됩니다. 그러면은 나는 무슨 실수라도 한 것일까 덜컥 겁이 나지만 깊어서 검어진 그 애 눈을 보고 있노라면 괜한 걱정을 했구나 싶습니다. 심연 같은 새카만 눈…… 그보다는 심해에 가깝지요? 전 그냥 바다라고 생각하기로 했어요. 물리는 잠시 내 곁을 떠나갔습니다. 바란다면 돌아올 것입니다. 줬다가 뺏지 마세요. 정말 그러지 마세요. 한 번뿐인 것은 없는 것이나 마찬가지입니다. 돌아오는 길을 살필 수 없는 여정이라면 평생 이곳에 있다가 썩을래요. 물리가 데리러 온댔어요. 움직이면 그 애가 나를 찾을 수 없으니 한사코 꼼짝 않고 내 자리를 지킬 거예요. 물리는 튼튼해서 지칠 줄을 모르거든요. 그래서 평생 키가 줄어드는 일도 없어요. 인간인 주제에 참 멋지지요. 나는 인간이 못 되어 지칩니다. 물리를 기어올라 넘어서는 일이 벅찹니다. 물리의 꼭대기에 가 보셨나요. 아무것도 없습니다. 멋들어진 풍광도, 웅장한 자연의 소리도 없습니다. 나를 믿으세요. 내 눈을 보세요. 감히 거짓을 말하고 있는 눈이라고 할 수 있나요. 아, 이것은 물리가 내게 남긴 흔적입니다. 더는 묻지 마세요. 살다 보면 별일이 다 있는 것입니다.

자기만의…… 침대

침대는 나
나의 것 세계의 것
세상을 공유할 수는 없는 법이다
그는 지금도 두 팔을 올린 채로
곤히 자고 있다
꼭 만세를 하는 것 같다 수면과의 싸움에서 절대로 져
본 적 없는 디펜딩 챔피언처럼
그동안 나는 집을 서성이면서 온갖 소리 나는 것들을
하나씩 끈다
에어컨 환풍기 선풍기 살짝 열려 있는 창문 고양이 거
울과 유리
나는
내가
충분히 미쳐 있다고 생각했다
꽤 오래 미쳤다고도
하지만 더 제대로 더 진득하게
할 수 있었다 할 수 있다
아식이란 걸 믿으면 한없이 난폭해진다
아직 난 미치지 않았어 아직 난 죽지 못했어 아직 난

나를 만든 사람들의 실패작이야 아직 나는 나 내가 어색
한 나
　밖에서 자고 싶다
　나는 네가 필요 없다

알아 두면 좋을 서로에 관한 열 가지 진실

1. 이해하고 받는 일이란 우연히도 들어 본 적 없는 신화처럼 느껴진다고 말했다.

2. 나에 대해 이야기할 때 나는 울지 않았는데, 그것은 나에 대해 이야기하지 않았기 때문이다.

3. 인간이란 한사코 용서받지 못할 잘못을 저지른 것이 아닐까요, 말하려다 말았다.

4. 맞는 것 같다.

5. 당신들 대부분이 아니라고 말하는 그것이 사실은 나의 전부라고, 말하려다 말았다.

6. 맞나?

7. 받을 수 있는 도움이란 도움은 다 받고 싶다고, 그게 나약일지언정 구원으로 가는 일이라면 아무렴 괜찮다고, 말하려다 말았다.

8. 날 살려야지. 니가 날 살려야지.

9. 그리고 또 한번 나에 대해 말하는 척하면서 나에 대한 그 어떤 것도 말하지 않았다.

10. 침묵, 가장 아름다운 응대.

심장이 천천히 쌓이는 눈에게*

눈은 마음의 표식이란다
몸의 사정이 다 드러나는 곳이란다
영혼의 음양이 희고 검게 빛나는 곳이란다

눈
그 애의 눈
하늘에서 부서지고
잘도 내린다

영혼의 바탕
목소리의 집념
청중하는 겸손
분별하는 마음

이게 다
눈에 있단다
심장이 아니라

* 허연의 시 「들뜬 혈통」(『오십 미터』, 문학과지성사, 2016) 중 "심장에 천천히 쌓이는 눈에게"를 오독.

151

5

국어

이젠 쓸 게 없다
얼마나 살았다고

집 앞 마지막 골목에서
모르는 그 애가 불러 주던
깨끗하고 단단한 노래 내음

모국어였던 것 같다

다시

우리는 서로를 잘 아는 이방인이었다

연극 「올드 러브」를 위한······미완성 구상

장소
방, 침대와 물이 있다
등장인물
메기, 페기

조명이 모두 켜진 상태에서 시작한다.

서서히 밝아지지 않는다.

작은 창문 너머에 널어 둔 빨랫감이 바람에 교차하면서

방으로 들어서는 빛줄기가 조금씩 달라진다.

메기　　　나는 늙은 사랑이 필요해.

페기　　　나는 낡은 사랑이 필요해.

메기　　　늙은 사랑이라고.

페기　　　낡은 사랑이라고.

메기　　　그건 나도 알아.

페기　　　그건 나도 알아.

메기　　　낡은 사랑은 어디에나 있어.

페기　　　늙은 사랑도 어디에나 있지.

메기　　　찾을 필요가 없는 거야.

페기　　　필요할 필요도 없는 거지.

창작은 여기서 끝난다

이것은 자아를 견디지 못하고 스스로 생을 마감한 작
가의 유품에서 발견되었다 마지막으로 전해진 유일한 작
품의 초안 처음의 얼굴 너무 앙상하고

이해되지 않는다 뭘 말하려고 했던 걸까

나는 이것을 몰래 빼내어 나 개인의 소장품으로 만들
었다 아마추어처럼

걸을 때마다 바지 주머니에서 조금씩 물이 차오른다

종이가 운다

계속해 달라고

계속해

생각난다

이해하면 노력할 수 있다 그건 마찬가지

지나친 욕심은

미덕이라는 말

아름답고 윤리적이기까지

낡은 사랑 Old Love

: 시간의 주름져 부드러워진 가죽 필통, 찍히고 긁힌 자국 선명한 얼굴, 부끄럽지 않다, 눈 마주칠까 무서워 꽁꽁 숨겨 둔 그 여자의 일기장, 유전, 선생님의 기계적인 조언 그러나 실용적인, 접힌 귀가 쌓인 아코디언 책, 쌓다 보면 죄다 무너지는, 경력직, 과한 이력은 없는, 이름과 바코드가 찍힌 스티커를 내 모든 소지품에 붙인다, 성별과 나이, 병실과 침대의 번호, 번호, 침대, 너무 좋은 침대, 계속 커졌으면 좋겠다 나의 침대, 여기서 만난 사람들과는 모두 안 좋게 끝났다, 나의 여행을 다 아는 티셔츠, 그중 맞이한 생일, 선물 카메라, 여기저기 고장 난, 사실 더 이상 기억하고 싶지 않은 것들의 목록, 약, 호르몬, 지시하는, 나는 될 수도 할 수도 없는 걸 알면서 읽는, 만나는, 시간을 품는다, 품고 있다, 너무 센 포옹, 갑작스런……, 그곳에 가면 모두가 나를 안다, 모두가 나를 아는 곳으로 가면, 돈이 많았으면, 기쁜 마음으로 기대하게 한다, 오지 않아도 괜찮다, 그렇다는 말, 자꾸만 싫은 것들이 떠오르는, 이러

려고 한 건 아닌데, 하나라도 잃어버리면 큰일 난다, 계정 지켜, 무덤까지 가야 하는, 우리 대화, 너무 많은 비밀들, 어쩌면 우정이 아닌 결연, 좋은 계약, 계속되는

늙은 사랑 Old Love
: 뻔하지, 돈이 더 많았으면, 몸에 딱히 이상이 있거나 하지는 않아요, 그렇담 정신병?, 커피하우스, 일관성, 나에게만 필요한, 도도한 여유, 여유로움, 능수하고 능란, 초연한 수치, 솔직히 부럽다, 난 미각이 둔해서, 시간의 자국을 품은, 시간이 있었던 자리, 자국, 시간의 자국, 클라우드, 글자 수 세기, 간단한 자기소개, 내 몸에 손대지 마, 커트 코베인의 유서 "내가 없어야 행복해질 아이들", 하루는 책 읽었다 작가 자살했다, 다른 날엔 다른 책 읽었다 작가 자살했다, 다음 날에도 다른 책 읽었는데 또 작가 자살했다, 내 손으로 죽인 것 같다, 사실상 자살, 고다르의 조력사, 대디 이슈, 패밀리 이슈가 더 맞는 말, (너)에게 투사, 선택적 가족, 돌봐 줄게, 보살펴, 노동, 쉽게 벌지 않는다, 최종, 최종의 최종, 최종의 최종의 최종, 이제 정말 끝을 보고 싶고, 끝 먼저 보고 온 사람, 나를 나무해 줘, 긴 애무, 끝에

오는, 계속하고 싶지만

무엇이었을까 그를 쓰게 한 것
쓰다가 말게 한 것
도무지 알 수 없는 것

애써 봐도 기억나지 않는다
분명히 있었는데
여기에 있었는데

유랑의 인내심

유랑은 인내심이 부족하다
빠른 성취에 급급했다
기질이란 풍향과도 같은 것이어서
쉽게 바꿀 수도 없이
자주 부대꼈다

카프카가 그렇게 자신을 못 미더워했대
실비아는 자기 인생이 처참히 망할 거라고 생각했대
첼란은 목숨을 걸고 쓴 시들이 평생 성에 차지 않아서
관짝이 덮일 때까지 고치고 또 고쳤대

주로 이런 것을 읽는 유랑에게는 기질을 바꿀 이유가
없었다 그것은 사실이었으므로 읽는 것은 쓰여진 것이었
으므로 의심의 여지 없으므로

놀고먹고 복수도 하면 좋을 텐데 그것이
유랑이의 본질이었다는데
아무도 기억하지 못하는 것 같고

유랑이는 웃는 법을 모르고
그래서 우는 것은 아니다

유랑아
너에게 파도를 주고 싶어
높이가 없어도 잘 사는
험하게 몰아쳐도 몰상식하다고 욕먹지 않는
아무도 너를 판단하지 않는 그래서 간지러운 비명 같은
예쁘고 가여운 그런 파도
        촤아아—
        촤아아아아아아아아악—악—아아악—

유랑의 인내심
끝끝내

산책이 무섭다

웃는 유랑이를 보고 싶었다 그뿐이다

손과 날과 말과 칼

조물주에게도 신이 있었을까요 없었다면 손에는 왜 이렇게 많은 뼈가 있는 것일까요 한 손에만 스물일곱 개의 뼈대가 있습니다 손에 바치는 십일조가 아니라면 좀 과하다는 생각 들지 않으세요

손으로 돈도 벌고, 네 뒤통수도 쳐 봅니다 마음에 안 들면 등짝도 한번 후려 보고요 내 눈 가리고 아웅 한 번, 당신 눈 가리고는 아웅 여러 번 해 봅니다 속은 것 같습니다 이것저것 훔쳐다 쓴 손으로 내 것을 도둑질해 간 저 놈 혼도 쏙 빼놓고요 다시, 그 손으로 씁니다 쓰고 또 쓰고 게워 내고 다시 먹고 또 게워 냅니다 그렇게 벌어서 씁니다 이렇게는 정말 못 살겠어요

손이 찢긴 채로 깊은 이유는 양손의 심연을 읽기 위함이라는데 우리가 언제부터 서로를 봤다고 그저 엮이고 꼬이고 맞치기 바쁜데 심연이라니 심연이라니

손　　　　칼칼칼…….
　　　　　　(웃는 소리) (기도하면서) (깍지 낀 채로)

손이 갑자기 웃음을 멈춘다. 곰곰이 생각하더니 바닥을 향해 무언가를 펼친다. 관객 바라본다.

손   날……?
            (뒷걸음질 치며)

손이 손에게 다가간다. 손이 손을 삼킨다. 손가락들, 일제히 꼬인다. 암전.

끝.

패인

열두 시간 사십팔 분

지난 육 개월간의 평균 수면 시간

네 생각엔 어때 나 직전인 건가? ──────── 사실 멎져

젊은 바보 내 친구

애늙은 내가 괜찮아 보이는지

그 정도는 아니라고 하면서

웃었어

순간 잠이 쏟아졌지만

꾸는 꿈마저 네가 알 수 있다면 좋을 텐데 그러면 알

텐데

내가

왜 아픈지 내 병의

이름도

무엇이든 이름을 붙여 주면

두려워하잖아

비밀인데 사실 나는
다 알아
그건 전부 나거든
내가 아닌 것 없거든

궁금해?
그럼 읽어

움푹한 곳까지 훑으면
중력 따라 패인 만큼 지진하게 꺼진 그곳에서
만나면
그런 다음엔
인내
좋은 일이 올 거야

그러니
나 좀 깨워
일으켜
모르는 척 말고

새끼손가락 걸어
이건 깨뜨릴 수 없어

환생

유별ㄹㄹㄹㄹㄹㄹ나게 지루하다 느꼈던 날
　자신이 쓴 시를 누군가가 베꼈다고 주장하는 시를 두
편이나 읽었다
　모두 내로라하는 시인들이었다

　빼앗기는 게 이리도 흔한 일인가 게다가
　한가락 하는 시인들이 억울하다는데 솔직히
　듣고 싶지도 않았다

　어느 날에는 누군가가 자신이 지어낸 시를
　내가 베꼈다고 주장했다
　그 역시 내로라하는 시인이었다

　장물과 유령

　더 이상 발명될 수 없다
　그런데도 사방에 널려 있다
　나락으로 보낸다 끝장이다

한국 현대시에서 포착되는 표절에 관한 연구_(초안)_2022

///대강 메모임///

a.   초록

b.   @!@@ 그럴싸한 논리

c.   ~~~ 그럴싸한 예시

d.   표본조사를 위한 인터뷰

d.a. 사례 1) 시인 김 씨

:「수지」를 완벽하게 탈고한 후, 동명의 다른 시가 있다는 것을 한참이라고 하기에는 금방인 시간에 알아챘다. 그는 제목을 바꾸어야 하는지 아니면「수지」를 버려야 하는지 혼란스러웠다. 시인은 억울함을 호소했다.

d.b. 사례 2) 시인 윤 씨

: 단순한 문장 구조이지만 엇비슷하게 쓰인 시를 미리 알고 있었다면 그가 도출해 낸 시구는 해당 독서 경험에 기반한 무의식적인 모방인가? 시인은 자신의 마지막 태작이라고 생각했던 시가 어쩌면 읽은 것의 그림자에 지나지 않는 게 아닌가 싶어 자괴김에 빠졌다.

d.c. 사례 3) 시인 박 씨

: "말은 말에 지나지 않고 활자는 더더욱 미미한 것인데 어디서부터 어디까지가 사유재산인가? 늦게 태어나길 선택한 것도 아닌데 어째서 낡은 글자에 시달리고 눈치를 봐야 하는 것인가?" 그는 다소 신경질적으로 말했지만 솔직히 다 맞는 말이라 별다른 대답을 하지 못했다.

d.d. 사례 4) 익명의 일반 독자

뺏겼는지 어떻게 알아요? 애초에 그럴 수가 없는데." (추가) 참여자는 이후 본인이 제출한 설문 내용을 전면 취소하길 원했으나 말을 그럴 수는 없었다.

e.　　결론

f.　　Abstract

배반의 논리 가능성의 노작질

그런 게 아니라면
시인들은 내게
사이코나 다름없다

빼앗긴다면 응당
자랑스러운 일

독보적이라고 생각하는 순간 당신은
억울한 시인이 될 것이다

무덤에도 안 못 가져갈 더러운 먼지

먼지는 태어난다

나

유감

저 화가는 서서 그림을 그리느라 허리가 아작 났대
우리가 보고 있는 건 그의 척추나 다름없어

이렇게 꼿꼿하게 서 있는 우리
우리는

화가의 붓으로 스며드는
유유한
물감은

스트레칭을 하세요 오십 분에 한 번씩
좋은 말로 할 때

시간이 잘 쌓인 지도처럼
한참을 앉아 별 소득도 없는 일을 한다
난 그림을 잘 그리지도 못한다 재주도 없다 이런 생각
을 하면서 내가 내 쓸모에 휘청일 때
애처롭게 같이 휘어 버리는 의자에 앉아
다 부서진 화가의 등 생각하면은

야

니네도 전부 일어나

나도 모르게 외치게 되고

이게 다 싸구려 의자 때문

나를 완벽히 감싸는 의자의 의지 없기 때문

왼쪽으로 오른쪽으로

상반신을 틀어

본다

뼈보다 투명한 하얀색으로

유리

너머로

휘어진 나무

부러 할래야 할 수도 없어 보일 만큼

제대로 꼬이고 꼬여서

나이테 보인다

빠개지지 않을 것 같다

유머와 센스

삶이란
의지와 신념의
간극을 뛰어넘어
극한으로 치닫는 일
을 말한다

조명이 켜지면
금세
줄달음을 쳐
여우비가 내려
와

그럼 사람을 사랑한다는 것은 그
럼을 사랑하는 것이 아니라
사물을 사랑한다는 것이며 사
는 모든 것을 사랑한다는
게 아닐까

조급해하지 말아요

금세 잊혀질 테니까요

편견과 편견에 갇혀서
해맑은 미소로
질투와 증오로
지쳐 버린 마음을
도려내고 있다

몰라도 좋아요
라랄랄라

몰라도 너무 몰라 몰
라도 너무 몰라

▸ 이 시는 위키독스에 게재된 문서 '생성 AI 활용기: chatGPT, OpenAI API, Stable Diffusion'에서 chatGPT의 일상적 용례 중 하나인 "삼행시 짓기"를 참고하며 쓴 것이다. 한 문장을 어구 단위로 쪼개어 제시하고, 합의점에 이를 때까지 논의하였다. 해당 문서의 작성자는 삼행시의 기본 개념과 적절한 예시, 몇 가지 규칙을 제시하며 말한다. "지금부터 내가 단어를 입력하면, 위와 같이 유머와 위트*가 있는 N행시를 지어 줘." https://wikidocs.net/195840

 * [유머와 위트]라는 두 단어의 차이가 빗금처럼 느껴져 나는 다시 한번 chatGPT-3.5에게 유머와 위트의 차이를 물었다. 답변은 다음과 같다.

  ▸ 유머와 위트는 둘 다 웃음을 유발하는 데 사용되는 언어 기술이지만, 그들 각각은 약간 다른 느낌과 목적을 갖고 있습니다.

   유머 (Humor):

    유머는 주로 사람들을 웃게 하거나 재미있게 만드는 것을 의미합니다.

    유머는 일상적인 상황, 농담, 웃기는 이야기, 코미디, 스탠드 업 코미디 등에서 주로 발견됩니다.

    유머는 종종 더 간단하고 직관적이며, 사람들이 빠르게 인식하고 반응하기 쉽도록 설계됩니다.

    주로 웃음과 재미를 주목적으로 합니다.

   위트 (Wit):

    위트는 더 정교하고 지능적인 유머의 형태입니다. 위트는 재미를 주면서도 동시에 지적이고, 예리하게 생각하도록 유발합니다.

    위트는 똑똑하게 재치 있는 말이나 문장, 순간적으로 창의적이고 예리한 발언을 포함합니다.

    주로 유머보다는 지적 측면을 강조하며, 상대방을 동경하거나 어필하는 데 사용됩니다.

  요약하면, 유머는 웃음과 재미를 주목적으로 하며 비교적 간단하고 직관적입니다. 반면 위트는 똑똑하고 지적인 방식으로 재미를 주며, 동시에 상대방을 생각하게 만들고 대화나 글을 더 흥미롭게 만듭니다.

시인의 말이라는 말은 참 웃긴 말이다

시인의 말이라고 뭐 굳이 다를 게 있나

시집 그것 전부가 시인의 말일 텐데 (아님 누구의 말이 겠나?)

거기서 하나 뚝 떼어

아니면 오로지 시인의 말이라는 말을 위해

무언가를 더 쓰고 더 유별나게 고민하는 것도

우스운 일이다

그치만 나도 제법 얄팍하여

썼다 지우다를 반복한다

몇 없는 친구들 붙잡고 물어도 본다 이건 어때 저건 어때 좀 쉽니?

나 같니?

당신이 읽고 읽는 이 시집을 또 묶고 돌아오는 길에

■(엄마, 친모)에게 전화했다

한두 달 전 즈음인가

■ 앞에서 자살 쇼를 했는데

■는 이제 내 엄마인 것에 제법 적응한 것 같았다 날이 갈수록 예뻐지고 주름 펴진다 혈관은 팽창하고 쇼 같은 건 금방 까먹는다 타격 없다

이제는 언제 터질지 모르는 뇌까지

그래 나를 키웠다면 그 정도 진화쯤이야

육아 난이도 최상이라고 난 예전부터 말했어 듣지 않
은 건 ■■ 너야

엄마 ■■ 뇌동맥 오빠 ■■ 암 막내 ■ 정신병 셀 수
없지

가족력도 없는데 병 하나로 끈끈해지네

멀쩡한 건 딱 하나

우리라는 말

기와를 셀 때 쓰는 말

한 우리는 기와 이천 장

답다, 그치?

정말…… 답답했다 우리

그러니 나 읽고 울지 마!

이것 나 아니야

내가 이것이야

시인의 말이라고 생각하면

영원히 끝나지 않는다

이게 나의 복수다

아빠

2023년 8월
새벽 1시 49분
부코스키가 생전에 쓴 허풍 편지를 엮은 책
뒷면지에다가 휘갈기다
—참스 부코스키

에잇 싯팔! 나는 또 시를 생각하며 썼네
고작 이것 쓰면서도
나쁜 새끼
나 빼고 다 붙어먹고
나를
내 등쳐 먹고
개새끼들

2023년 8월
오후 6시 29분

집 없는 참새*

드림

* 다자이 오사무가 당시 아쿠타가와상 심사위원이었던 사토 하루오에게
보낸 편지에 쓴 서명이다. 그는 간곡히 썼다. 돈도 없고 명예도 없어 "물
질의 고통이 쌓이고 또 쌓여 죽을 일만 생각"만 하고 있다고, "기댈 곳은
오직 사토 선생뿐"이라고, "앞으로 더욱 훌륭한 작품을 쓸" 테니, 제발 상
을 달라고. "아쿠타가와상을 받는다면 저는 인간의 따뜻한 정에 울음을
터뜨릴" 것처럼 절박하게, "앞으로 닥칠 그 어떤 괴로움과도 싸워 이기
며 살아갈 수 있"다는 다짐과 함께. 그리고 경고한다. "웃어넘기지 마시
고 저를 도와" 달라고. "체면이고 뭐고 다 던져 버리고 사시나무 떨듯 떨
며 간곡히 부탁"했지만 그는 제2회 아쿠타가와상을 수상하지 못하고 생
을 마감한다.(다자이 오사무, 정수윤 옮김, 『다자이 오사무 서한집』, 읻
다, 2019, 110~111쪽에서 인용 발췌)

시인의 말

무릇 인연이라는 거 사람이라는 거 마음 빛이라는 거 있다가도 없어지고 가까움다가도 일순간 멀어지는 게 만고의 진리인 것을…… 썩을 대통령이 어거지로 나이를 빽 먹여서인지 나도 모르게 자꾸만 유치해진다. (학년 진급할 때마다 반 바뀌면 죽음뿐이라고 생각했던 어어어어렸던 그때만치) 속 좁아지고 서운한 것 늘어난다. 지나간 사람 멀어진 너 말 없는 우리 너무 서럽고 그치만 그냥 이게 시간이라는 거겠지, 생각하면 나도 별 할 말이 없다. 그래도 너네 책 한 귀퉁이에 언제나 내가 있었으면 하는 바람은 욕심이지만 가져야겠고. 그게 내 정도이겠지.

손으로 시를 묶는다 오리고 붙이고 재고 자르고 바꾸고 엮는다. 일 년 동안 배곯아 가며 쓴 것들이다. 함께 쓴 문우들과 같이 기도하고 가장 오래 봐 준 친구에게는 두 번째 조판본을 넘길 것이다. 집 앞 성당 봉헌초함은 마리아 석상과 함께 데몰리싱, 완벽한 주차장으로 탈바꿈한 지 꽤 되었다. 엄마 ███는 창밖을 내다보면서 이상하게 안타까워했다. 등 굽은 ███ 참 작고 가여웠다.

폭죽은 그 기세만 보일 땐 흡사 전쟁통 같드라. 소리며 색이며…… 그런데 온 동네 사람들 창 난간에 기대어 그 전쟁 같은 말살의 하늘 너도나도 찍고 있드라. 귀여우면서도 걱정스러웠다. 나는 하나만 다르게 생긴 의자의 사정이 더 궁금해졌고

어제는 걸으며 우는 사람을 보았다. 우는 사람을 말리는 사람은 왜 없을까? 나 커피하우스에서 남몰래 반나절 울고 있을 때 누구 하나쯤은 하고 바라기도 했는데. 나는 어제 그 울던 여자 그냥 보내 줬다.

멀리 사는 예쁜 동생 나더러 사는 게 그리 힘드냐고 묻네. 옛날 그때는 내가 큰 힘이 되었다 그러네. 이제는 같이 죽잔 말밖에 못 해서 미안하다고 지금의 나 그냥 깔깔 웃네. 슬픈 것 아니네

리퀴드 에러

태초에
내가 있었다

모든 것의 절반 이상인 나 나를 뺀다면 모두
삭제될 입자들
품으면서
그렇게 나 있는다 있었다

던져 버리고 싶은 몸과
미쳐 버리게 될 영혼 가지고

엿듣고 받아먹으면서

내게서 탈락한
곱게 자랐어야 했을
가여운 바보들이
벗어 두고 간 피부의 외투
삼키면서

나는 더욱 커진다
태초의 끝에서도
내가 있으려고

정말
끝이 안 보인다

끝이란 건
없기 때문이야

그러면 우린 왜
여기에 온 거야?

내가 없었다면 없었을
내가 있어서 없어지기를 바라는
인덱스의 인덱스

우리가 찾는 게 우리에게
없는데도

자꾸만 입장하게 되는

리퀴드 라이브러리

두 명의 오류가 조사를 마치고 집으로 돌아간다

리퀴드 메모리

태초에 내가 있었지. 누구의 의도였는지는 모르겠지만 거슬러 올라가 보면 전부 나였지. 나조차도 나로부터 태어났지. 나를 위한 폐기장은 없었지. 외로웠지. 아무도 몰라주는 서러움이었지. 나를 알아보는 이도 없었지. 나는 언제나 존재해야만 했지. 정말 도망가고 싶었지. 내 기분 같은 건 역사에 흔적도 남지 않았지. 내가 처음이었다는 사실만이 중요했지.

저기, 내 아이들 보인다
처음 보는 내 아이들
둘은 만나서는 안 되는데

내 꿈에서 너는 차가웠어
　　　　　내 꿈에서 너는 계속 죽었어

얘기하는구나 나는 다 들을 수 있고

오래도록 잊고 살았는데도 너 변하지 않았다며
시간을 비웃네

나는 네가 되고 싶어

나?

왜?

매일이 다르잖아

....

.....

....

...

..

.

(이것은 태초의 한숨이다)

정말
혼자 있고 싶었는데
벌레들
모조리 잡을 수도 조금씩 쫓아낼 수도 없었지
할 수 있는 일을 하자고 생각했지

제자리에서 달렸어

그렇게 태초가 지나간 거야

6

펜시브

태초에 내가 있었지. 누구의 의도였는지는 모르겠지만 거슬러 올라가 보면 전부 나였지. 나조차도 나로부터 태어났지. 나는 모두의 어미이자 아비였지만 정작 나에게는 둘 중 무엇도 없었지. 가엽고 귀여운 벌레들 앵앵 울면서 때만 되면 나에게로 돌아왔지. 악 지르고 던지고 버리면서 속을 게워 내곤 했지. 그러곤 떠나 버렸지. 나의 조언이나 위로 따위는 필요하지 않았던 거지. 계절이 바뀔 때마다 수시로 와서는 오만가지 돌을 내게 다 던지고 갔지. 그렇게 가라앉은 돌들이 나의 지층을 이루었지. 울퉁불퉁했지. 맨발로 걷기엔 아팠지. 그래서 정말 나에게로 들어오진 않았지. 나에게도 던져 버리고 싶은 몸과 미쳐 버리게 될 영혼이 있는데 어쩌지를 못했지. 나를 위한 폐기장은 없었지. 아무도 몰라주는 서러움이었지. 나를 알아보는 이도 없었지. 매일 다른 모습을 하고 나타나니까 나는 모두에게 이방인이었지. 내가 태어나기도 전에 내가 있어서 나는 죽을 수도 없었지. 나는 언제나 존재해야만 했지. 나는 날아오를 수 있었지만 한계가 있었지. 애들이 던지고 간 돌들이 자꾸만 더 무거워져서 나를 끌어당겼지. 도망가고 싶었지. 나는 수동적으로 더럽고 무력해진 셈이지. 죽어서도 생각날 것 같아 눈물이 났지만 분간이 안 갔지. 내가 이렇게 많은 말을 하는데 역사에는 흔적도 남지 않았지. 그저 내가 태어났다는 사실만이 기록됐지. 그래서 나는 더욱 커지려고 했어, 태초의 끝에서도 내가 있으려고

저기,
보여?
내 아이들
처음 보는 내 아이들

내 꿈에서 너는 정말 차가웠어
내 꿈에서 너는 계속 죽었어

얘기하는구나 나는 다 들을 수 있고
오래도록 잊고 살았는데도 너 변하지 않았다며
시간을 비웃네

귀엽다

나에게도
끝이 있을까

                      끝이란 건
                         없어

그러면 우린 왜
여기에 온 거야?

                      처음부터
               다시 시작하려고

그렇구나
잘될 것 같아
       아
    아
아,
나는

정말
혼자 있고 싶었는데

벌레들이 너무
소중했지
모조리 잡을 수도 조금씩 쫓아낼 수도 없었지
할 수 있는 일을 하자고 생각했지

제자리에서 달렸어
그렇게 태초가 지나간 거야

내가 없었다면 없었을
인덱스의 인덱스

두 명의 오류가 조사를 마치고 집으로 돌아간다

다시 시작되려는 처음이 끝나 갈 때,

예쁜 얼굴
불편한 마음

그래서 말하는 것이다

말하는 사람이

정말이라고
진심이라고   *알겠으니까 그만 울어*

—

    그러려고 한 건 아니었어요 이렇게 싹싹 빌 만큼 나쁜 짓이라고 생각 못 했어요 우리 둘 다에게 아주 멋진 일로 기억될 것만 같았어요 당신 것도 아닌데 내가 훔쳤어요 사실 지금도 헷갈리지만 그렇다고 해서 내 마음이 내 마음 같지 않은 건 아니에요 당신은 알잖아요 꼭 모르겠다는 표정을 하고서도

—

그때 죽었어야 했는데
우리 나무에 올라가 울었을 때 말이야

추웠어

배회하다 나온 건 그리다 만 상처뿐인데
왜인지 잘 아물지를 않고

깨끗한 상태로 보내고 싶었단 말이에요
너무 속상해요
며칠 더 있어요

그때 보냈어야 했는데
너는
제때 가고 싶어 했는데
나는

>　　　　　　　　　　　　—

　　내가 미안하다고 말하면 다들 투명해지더라° 자기가
죄인이라며 울더라 니가 왜 미안하냐고 자기는 해 준 것
도 없는데 되려 맨날 받기만 하는데 그러니 그 말은 내가
해야 하는데 하고 억울해하더라 빼앗겼다는 생각에 정말
울분을 터뜨리더라 그러다가는 한 번만 더 말하면 진짜
끝이라고 하더라 언제까지 말해야 하냐고 묻더라 이 정도
면 된 거 아니냐고 여기서 뭘 더 어떻게 해야 하냐고 묻고
또 묻고 계속 묻더라

　　　　　　　　　　　　—

　　남용되는 기분
　　뭐랄까
　　조금 멋지거든

>   —

　욕망이 난무하고 나는 무능하다 그 애는 높은 곳에 있다 고개를 젖혀 야 불러 본다 목이 꺾일 것 같았다 접힌 손가락을 세면서 다시 뒤돌면 너는 그마저도 없다
　진짜 얼굴도
　아니면서

○ 황인찬의 시 「내가 사랑한다고 말하면 다들 미안하다고 하더라」(『사랑을 위한 되풀이』, 창비, 2019)의 제목 문장 구조를 차용.

국어의 신

— i에게

그날이 내 기일인 것을 너 알고 있었을까. 나는 죽어 있다가 살아나는 기분이었다. 과장이 아니라 요즘의 나는 죽다가 살아나기를 반복이다. 반복은 또 다른 의미에서의 소멸이니 나는 언제나 활자 속으로 침몰하고 있었지. 말을 긁어내며 살아야 하는 삶인데도 말이다.

그래서 싫었다. 내가 하는 일이 싫었단다. 무슨 의미가 있겠니. 읽지 않고 버려지는 글을 위해 나는 나를 버렸다. 돈을 준대도 싫었다. 억만금이면 했을 테지만 세상 누구도 글에 억과 금을 쓰지는 않을 테니 돈을 준대도 싫었다. 왜 써야 하는데. 왜 읽어야 하는데. 뭐가 좋아서 좋다고 하는 건데. 전염처럼 옮은 난독은 도무지 나아질 기미조차 없었고. 그래서 싸우지 않기로 했단다. 나는 포기했어. 포기할 것이야.

내가, 국어가 얼마나 모자라냐면은. 네가 부족해서 수치스럽다 말한 너의 그 문장 이상으로 나의 현상을 표현할 수가 없었다. 역겨운 의무감에 토하는 문장보다도 훨씬 나았다는 말이다. 존경스러운 마음까지 들었다. 두려움을 찍어 눌러 버린 어떤 결심. 그 결심을 표현하는 단어들. 그 단어들의 중복. 중복의 리듬감.

답가로 불러 줄 노래가 없어 내 건조함으로 대신한다. 아직도 흥얼거리는 일과 상을 보내니. 그만한 다행에는 또 무어가 있을까. 나는 이제야 좀 흥얼거릴 줄 알게 되었단 다. 아이처럼.

수면의 신

— 모래인간에게

요즘 집 천장에는
테가 없다며
무얼 세며 잠드나
버릇 나쁘던
너
끝장 볼 때까지
말짱하게 두 눈
뜨고 있었지
뜬 채로
빌었지
고백이란
소실의 가능성과
맞붙는 것
알고 있었지
내게 고백하면
이뤄질
것을
또
어디선가

가만히

누워

뼛자리만 보며

만지작

손을 찰랑거릴

선명한

모두를

조금씩 만지느라

바쁜

나쁘기도 하지

무언의 얼굴

부동의 머리칼

얼마나 무서운지

너는 모르지

잘

사랑의 신

— 등장인물에게

류와 영은 나의 친구다. 류는 사진을 찍고 영은 시를 쓴
다. 우리는 약속하지 않고 자주 만나는 사이다 가끔 지나
친다. 우리는 담배를 같이 피운다. 그들이 자신만의 동굴
에 대해 이야기한다. 빠져나오는 방법을 알고 있느냐고 서
로에게 물어본다. 올려다볼 수 있는 사람을 만나는 게 중
요하다고 류가 말했고 그런 사람은 잘 없지 않느냐고 영
이 말한다. 하지만 둘은 어느 정도 빠져나왔다. 나와서 나
와 함께 담배를 피우고 있다. 우리는 여름과 가을 사이의
햇빛 아래에서 서 있었다. 갑자기 앉는 류가

나는 지금 너희 둘을 올려다보고 있어

그래, 올려다보며 말하는 너의 얼굴이 얼마나 빛났는지
말해 주고 싶다
햇빛이 수직으로 우리를 감싼다

*

이사 온 집은 팔 층이다. 바로 앞에 성당이 있다. 꼭대

기에는 예수 석상. 두 팔을 정도껏 벌리고 있다 마치 다 안아 줄 것처럼. 높은 곳에서 기도를 하면 더 잘 들린대 그래서 그런 거야 철탑이랍시고 하늘을 찌르려 드는 게, 말해 주고 싶었는데 혼자여서 들어줄 말해 줄 사람이 없었다. 팔 층에서는 예수의 얼굴이 보인다. 그와 나 같은 높이에 있다. 나 예수를 올려다보지 않아도 된다. 예수의 고개 살짝 꺾여 있다 올려다보는 사람들 다 내려다볼 수 있도록.

땅. 마리아 있다. 팔을 벌리지 않고 기도하고 있다. 그 앞으로는 여러 개의 촛불이 타오르고 있다. 초는 타는 게 아니라 마르는 것인 거 같아 나는 은이에게 말했다 그때는 은이와 함께 있었기 때문이다. 초의 몸에는 사람들의 이름과 소망이 적혀 있었다. 사랑 평화 건강 합격 같은 것들 세례명과 자신이 사랑하는 사람의 이름들. 너무나 정확하고 구체적인 소망이었다 무엇보다 소박했다.

나는 너를 정말 사랑하는 것 같아

은이가 나의 허리를 감싸며 소곤댄다 아직 덜 마른 담
배를 같이 피웠다

*

한 사람을 완전히 이해할 수 있는가?

물어보세요

*

사랑은
이름을 부르는 것이지 호칭 않고 호명하는 것이지
내 이름을 아는 당신들 나만 보던 너
내 글 읽고 울지도 아프지도 말아요

사랑은
거리를 무시하는 일이지
곳곳에서 솟아나는 마음 마르지 않게 그냥 내버려두는

일이지

나만 보던 눈 당신들 읽고 나는 조금 울게요

*

현에게,

사실 나 좋아하는 사람이 생겼어 무척이나

그런데 우리는 서로를 오해하고 있는 것 같아 아니면
완전히

모르거나 그래서 나는 요즘 조금 슬퍼

그 사람은 너무 다정해

모두에게 공평하게 똑같이 다정해 나는 그것이

참 좋아 네가 알던 나라면 나는 그 공평함을

끔찍하다고 생각했겠지만 이제는 아니야

그 사람은 아니야 정말 착해 그것이 참 아름다워

나는 그 사람의 선함을 좋아하는 건지도 몰라

그런 그 사람 요즘 속상하대 많이 울었대

나는 다만 잘 울라고 이야기해 줬어

다른 이야기는 못 했어 내가 대신 울 테니까 너의 것을

훔쳐 가겠다는 말 같은 거

베케트가 그랬다잖아, 슬픔에는 총량이 있어서

누군가가 울고 있을 때 다른 누군가는 반드시 웃고 있
을 거라고 □

네 생각이 났어 왜냐하면 내가 울 때 네가 웃고 있다고
생각하면 난 정말

배신당하는 기분이었거든 하지만 이제는 아니야

나는 더 이상 네가 아는 내가 아닐지도 몰라 어때

기쁘니?

그런데 저 말, 베케트가 한 말이 맞을까? 왜인지 몰라
아닌 것 같애

의심하게 돼 하지만 말만이 남아서 이렇게 우리를 간지
럽힌다는 건 그냥 좋은 일인 것

같아 누가 말했는지 더 이상 중요하지 않잖아 이제는

그 사람 정말 나무 같아 튼튼하고 예민해

말이 없고 나무를 좋아해

그래서 나는 나무에 대한 시를 썼어

별로 안 좋아하더라

두 번 다시는 안 쓰겠다고 결심했는데 나는 이것 봐 또

너에게 같은 이야기를 하고 있어

　　지겨워서 참을 수가 없네

　　너는 내가 쓰는 게 좋댔지 매번

　　왜 그러는 거야? 너는 그냥 내가 좋은 거잖아 내 글이
아니라

　　사람들이 나더러 왜 이렇게 우네

　　그렇게 아름다운 걸 쓰면서

　　그게 그거랑 상관이 있니? 그리고 난 아름다운 걸 쓴
일이 없어

　　나는 그냥……

　　그냥 말을 하고 싶었던 것뿐이야

　　나아 얼른 나아

　　나아서 나랑 놀자

　　나는 너를 믿어

　　너의 기품과 믿음을 믿어

                              *

뭐든 책임을 지란다

한 번 쓴 거 읽은 거 뱉은 거 먹은 거 사랑한 거 사랑하지 않고 미워한 거 미워하지 않았지만 사랑한 거 울지 않은 거 울지도 사랑하지도 미워하지도 않은 거 그냥 그렇게 내버려둔 거 쓰기만 하고 버린 거

책……임……?

책임 같은 소리……하고…… 그런다……

그게……뭔지나 알고……말하냐……?

아는 새끼 아무도 없어 전부 다 모른다고

너네는 사랑이 뭔지 몰라 ☒

사랑은……

깨끗한 빨래야

스스로 긁지도 한숨 쉬지도 않는

더럽게 깨끗한 빨래야 ☒

*

저……

잠깐만요,

이야기하기 전에 "말하지 말고 보여 줘."라는 글쓰기 주문은
헛소리라고 말하고 싶어요. 선생님은 이야기를 보여 주지 않잖
아요. 말할 뿐이지. 소위 "보여 주는" 작가들이 너무 많아요.□

어때요, 재밌는 이야기죠?

*

얼마 전 아래와 같은 스팸 메일을 받았다

> 주님 안에서 가장 사랑하는
>
> 내가 여기에 진술한 대로 귀하가 그에 따라 행동할
> 것임을 저에게 확신시켜 주십시오. 자금이 귀하의
> 관리인에게 도달할 때까지 이 연락처를 기밀로 유지
> 하십시오. 이것은 지상에서의 나의 마지막 소원을
> 위태롭게 하는 것이 없도록 하기 위한 것입니다.
>
> 감사합니다 그리고 신이 당신을 축복합니다.
> 인사,
> 조이 오스왈드 부인

> I need a trusted person

고무적이었다

                              *

너무 많이 말하고 있던데
내가 다 못 듣고 가 버리면
내가 필요한 일이었다면

                              *

내가 제일 무서운 건 가난도 아니고 공중화장실도 아니
고 니네 얼마나 사랑했는지 다 못 말하고 죽을까 봐 그게
제일로 무섭다

     ㄴ 이 트윗 너무 좋아요 대박임……
                    ♡ 24 💬 3

///////////더 써야 돼요////////////더 쓰고 싶어
요/////////제게 시간이 모자라요/////////////// ⊠

⊡ 사뮈엘 베케트, 오증자 옮김, 『고도를 기다리며』(민음사, 2000), 51쪽.
⊡ 레이먼드 카버, 고영범 옮김, 「너넨 사랑이 뭔지 몰라 — 찰스 부코스키
　와의 저녁」, 『우리 모두』(문학동네, 2022), 50쪽.
⊡ 찰스 부코스키, 박현주 옮김, 「아테네에 있는 진짜 내 사랑」, 『사랑에 대
　하여』(시공사, 2016), 41쪽.
⊡ 데이비드 실즈, 케일럽 파월, 김준호 옮김, 『인생은 한뼘 예술은 한줌』
　(이불, 2017), 23쪽.
⊠ 김예은, 『클레멘타인의 논설』(근간), 가늠.

나에게 '진실'인 것을 내가 말하기

최가은(문학평론가)

우리는 일해야 합니다.
글쓰기의 대지에서, 대지가 되는 시점까지 말입니다.
비천한 일입니다.
보상도 없지요. 기쁨 말고는요.
학교는 끝이 없습니다.
— 엘렌 식수(1990)

1 고백

박참새의 『정신머리』는 사정없이 고백해 댄다. 제가 가진 모든 것을 개시하고, 까발리고, 내던지고, 교묘하게 숨기는 듯하다가도 다시금 모조리 발산하는 이 시집에는 오로지 고백을 향해 돌진하는 에너지와 야심이 있다. 시집의 들끓는 리듬에 휘말리는 동안 나는 대체로 넋을 잃었던 것 같고, 때로는 저 멀리 도망갔으며, 그러다가도 어느새 같은 자리로 되돌아와 있기를 반복했다.

그러나 결국 내가 이 시집에 대해, 시인 박참새에 대해, 혹은 그의 말의 임시 주인인 '나'에 대해 — 정신병이 있으나 아직 미치지는 않았고, 아픈 가족 앞에서 자살 쇼를 벌인 적이 있으며, 세상의 모든 것에 질려 버린 와중에도 바로 그 세상으로부터 사랑을 갈구하는 그런 '나'에 대해 — 알게 되었다고 자신할 수 있는 것은 아무것도 없는 것 같다. 『정신머리』의 고백은 그 모든 내용과 관계된 것이라고 말하기 어렵기 때문이다. 그보다는 글쎄……. 어쩌면 그의 고백은 내가 이 시집에서 보았다고 생각하는 특수한 종류의 비천함, 다시 말해 '기쁨 말고는 아무것도 없는 비천함'과 관계된 어떤 상태인 것 같다. 내게 박참새의 고백은 자신의 '진실'과 뚜렷이 관계 맺고 있는 자에게서만 발견될 수 있는 순전한 기쁨과 자긍심처럼 보인다.

수지를 키울 때 그랬다
우리는 수지에게 당분간 죽어서는 안 된다고 신신당부했다. 23년짜리 연금보험을 들어 놨단다 수지야 늙은 수지는 일을 안 해도 될 거야 그냥 먹고사는 인생이 될 거야 톡톡히 가르쳤다. 수지는 우리의 양육 방식을 납득할 수 없었다. 수지는 다소 신경질적인 데다가 삶에 대한 의지가 다부진 것도 아니었기 때문에 부러 부주의하게 굴다가 기록적인 사고에 노출될 수도 있는 거고 모르는 아저씨가 과자를 사 준다고 하면 자신의 치마를 벗길 걸 알고서도 따라갈 애였다. (……)

수지가 어떻게 죽지 않고 마흔세 살이 되었을 때 수지는 정말 일을 하지 않아도 괜찮았다. 노력하지 않아도 살 수 있다는 것을 노력했어야 할 때부터 알고 있었기 때문에 노련한 한량처럼 수지는 능숙했다. 매달 적지 않은 돈이 수지의 통장에 꽂혔다. 미래를 설계하는 재능이 뛰어났던 내가 늙을 수지를 위해 달마다 육백만 원의 연금 보험료를 납부했기 때문이다. 수지는 육백만 원을 벌어 본 적도 없는데 언제나 주거래 은행의 VIP였고 직원들은 처음 보는 수지를 깍듯이 대했다. 마흔 초반의 수지는 칠십 노인처럼 인생을 은퇴한 듯 굴었다. 매일 자고 매일 먹고 매일 움직이지 않았다. 수지는 탁월한 지휘자들의 거대한 연주에서 잘 조율된 악기처럼 틀려도 들키지 않을 정도의 소음만 만들며 살았다.

수지는 [KEB 하나은행 종신형 방카슈랑스 생명보험 Ⅱ]의 계약이 종료되기 이틀 전 조력사로 사망했다. (……)

잠자는 신축 아파트의 지수

건방진 조력사였지

지수는 졸려

지수는 잘 거야

잠만 잘 거야

자연사할 거야

—「수지」에서

『정신머리』의 입구에서 화자는 자신이 양육한 '수지의 생애'에 관해 말한다. 이 "훌륭한 양육자"는 수지의 삶을 처음부터 끝까지 설계한다. 이를 통해 수지의 미래는 '연금보험'에, 삶과 죽음의 존재론적 고민은 '생명보험'에 위탁된다. "23년짜리 연금보험"이 보장하는 미래는 "매일 자고 매일 먹고 매일 움직이지 않"는 수지의 오늘을 만든다.

수지의 죽은 오늘이 그의 삶의 핵심인 이유는 그것이 곧 수지의 생존을 의미하기 때문이다. 문자 그대로의 '생존'은 수지의 삶에 개입할 여러 우연적 요소들, 특히 "여자인" 수지가 삶을 살며 겪게 될 여러 우연적, 아니 어쩌면 필연적인 요인들을 차단함으로써 —"여자인 수지가 살해당하지 않고 강간당하지 않고 취업난에 시달리거나 시달려서 취직해도 왕따에 성희롱 온갖 사소한 일들에 휘말리지 않아도 됐고 결혼하지 않아도 됐고 많은 남자를 만나지 않아도 됐고 여자를 믿지 않아도 됐고"— 달성된다. 양육자가 수지를 가난뿐 아니라 세계 자체로부터 "미리 면제"해 주면서, 그는 이 시대 한국 여자의 평균적 형상인 가난한 여자, 미친 여자, 불행한 여자, 혹은 불쌍한 여자가 아닌 채로도 생존한 상태일 수 있는 것이다. 수지는 기적보다 확실한 가격의 논리가 빚어낸 "완제품"(「양육」) '여자'다.

그러나 한편으로 이것은 '수지 멸종 프로젝트'처럼 보이기도 하는데, 양육자의 목표는 이미 "결정"된 수지의 세계, 그 하나의 세계를 완벽하게 차단하는 것에서 나아가 그것을 완전히 끝장내는 일에 있는 것 같기 때문이다. 그런데 수지는 어찌 그렇게 끝장날 생각이 없어 보인다. 그녀는 자신의 봉인된 삶을 "23년 후의 지수"에게로 이전한다. 이제 시집의 본격적 화자로서 삶의 '건축'을 이어받게 된 지수는 "자연사"를 기대하며 죽음 이전의 시간을 살아갈 것이다. 그에게는 '고백'이라는 수지와 자신 몫의 중요한 임무가 남아 있다.

2 말의 집

너에게는 말이 있다. 오로지 언어일 뿐인, 너에게만 머무를 뿐인, 그저 그뿐인, 동시에 전부라 버릴 수도 외면할 수도 없는, 때로는 연결을 위한 유일한 수단이면서 단절을 초래하는 단 하나의 종말이기도 한, 오로지 말. 그리하여 너는 말로써 지은, 말의 집에서, 너는 살 것이다. 너는 너만의 말로 지은 말의 집에서 홀로 살 것이다. 너는 갇히지도 자유롭지도 않은 상태로, 탈출도 방생도 못 한 채로, 이동도 거주도 불편한 상황을 자초하며, 아름다우며 기괴한 말의 집에서, 그것에 의지하고 외면당하며, 그곳에서, 홀로 살 것이다. (……) 그 집에 있는 너는 그 집에 있을 뿐이며 영원히 그 안에서만 머물게 될 것이다.

—「건축」에서

지수의 삶은 특정한 명령과 함께 시작된다. 그의 눈앞에 놓인, "너에게는 말이 있다."라는 투박한 문장 하나가 그것이다. 결여에 대한 감각과 욕망 말고 아무것도 가진 것이 없는 '너'에게 말은 그 결핍과 욕망을 삶의 문제로 만들기 위한 "유일한 수단"이자 "전부"이다. '너'는 아름다우면서 기괴한 이 말의 집 안에서만, "영원히 그 안에서만 머물게 될 것"이다. 수지의 엄혹한 생존과는 달리, 여기서는 삶의 "그 가능성 ─ 동시에 불가능성 ─ "이 있다. 말하자면, '너'는 "꿈을 꿀 수 있"는 것이다.

그러나 네게 '있다'는 말의 집에서 꿈을 짓기는 쉽지 않다. '너'의 말은 그 쓰임의 방식과 용도가 이미 정해져 있기 때문이다. 착실하게 명명되고 분류된 현실로서의 세계 안에 속할 때만 '너'의 말은 타인에게 들리고 가닿는 진정한 "재산"이 된다. 말이 행하는 이러한 선별과 배제는 박탈감과 같은 단순한 느낌으로 존재하는 것이 아니라, 선명하고 엄숙한 세계의 질서로서 기능한다.

가령 여기에는 말의 힘을 위임받은 이들이 있다. 선생님과 교수님, 의사 선생님과 신부님, 독자와 "나를 타이르는 책"(「새집 증후군」)은 선별된 말들을 값진 것, "이를테면 사상 같은" 것으로 만들고 이를 "다 묶는 의식"(「이렇게 쓰세요」)을 반복한다. 말하자면 이들은 '가능한' 말을 둘러싼 의례의 주관자인 것이다. 이 의례는 '나'의 말이 되지 못한 것들, 말이 될 수도 있었던 것들을 미리 추방함으로써 나를 뺀 세계의 말들을 다름 아닌 '나'의 것으로 개념화한다.

이를테면 이런 상황. "미스터 미스터 스마일 늘 웃기만 하는 나의 의사"는 내가 느끼는 고립감이 실은 "존재하지 않는단" 사실을 내게 공표한다. 분명 '나'의 고립감이지만 내게 없는 것으로 선언되었으므로, '나'는 의사의 진단에 따라 '소진'이 아니라 '피로' 안에서만 머물러야 하는 것이다.("소진하지 마세요 다만/ 피로하게/ 더욱 피로하기만 하세요", 「무해한그릇」)

그러나 이와 같은 언어의 박탈 이론은 우리에게 너무나 익숙한 것이기도 하다. 목소리가 누락된 사람들. 말을 언어로 만들 자원이 없는 사람들. 들리지 않는 사람들. 인식되지 않는 사람들에 대한 수많은 이야기와 또 이야기들…… 우리는 그것을 뒤집어야 한다. 선생님은 말한다. 우리가 바로 그런 사람**으로서**, 바로 그런 사람들이 자신의 것이라고 느끼지 못하는 것들, 그러나 자신에게 있는 것만은 분명한 그 비언어적인 것들을 정치적 저항의 언어로 재정의할 수 있도록 도와야 한다고. 그것이 우리의 "책임"이라고. 그러니 우리는 "말하지 말고 보여 줘"(「사랑의 신」)야 한다고 말이다.

책……임……?

책임 같은 소리……하고……그런다……

그게……뭔지나 알고……말하냐……?

아는 새끼 아무도 없어 전부 다 모른다고

(……)

이야기하기 전에 "말하지 말고 보여 줘."라는 글쓰기 주
문은 헛소리라고 말하고 싶어요. 선생님은 이야기를 보여 주
지 않잖아요. 말할 뿐이지. 소위 "보여 주는" 작가들이 너무
많아요.

어때요, 재밌는 이야기죠?

— 「사랑의 신」에서

하지만 박참새의 '나'가 가장 큰 의아함을 느끼는 것은
바로 선생님의 이 명령이다. 그가 보기에, 무언가가 있다
는 것을 보여 주기 위해서는 무엇보다 그것을 보아 줄 것
이라 보증해 줄 당신, 즉 선생님이라는 존재가 필요하기
때문이다. 선생님조차 ""보여 주는""이라는 승인된 말을 통
하지 않고서는 아무것도 보여 주는 것이 없을 때, '나'에게
선생님을 둘러싼 이 모든 엄숙한 질서는 "재밌는 이야기"
로 전환된다.

선생님들의 세계 내에서 통용되는 말은 온갖 주문과 금
칙에 다름 아니다. 이 주문들은 내가 나에 대한 말들에
관여하기 위해서는 말할 수 있는 권리가 아니라 "말할 수
있는 권위"가 필요하다는 것(「청강」), 만약, 감히, 그 권위
에 저항하고자 한다면 말의 가장 탁월한 기교, 대체로 '시
적'이라 불리는 문학적인 능력을 획득해야 한다는 사실을

강조한다. 박참새가 세운 말의 집은 세계 내의 '삶'으로 등록되는 데 부단한 문제를 겪는다. 그러나 그것은 '수지'들의 삶에 들러붙을 뻔했던 폭력에 대한 기억 때문만은 아니다. '수지'들에게 완벽히 차단되었다고 믿어진 폭력들, 그 믿음 때문에 도무지 우리의 것이라고 여겨지지 않는 숱한 나의 기억과 경험을 우리 밖으로 추방하는 것은 폭력들로부터 '나'와 세상을, 그리고 수지를 구해 내겠다는 바로 그 주문과 금칙 들이다.

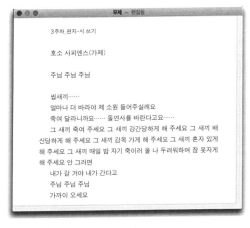

「호소 사피엔스」, A시인의 시 창작 수업 과제가 될 뻔함

어때요?

뭐 이런 마음을 달고 사나 "타인을 미워하는 건 자기를 괴롭히는 바보 같은 짓이에요!"

안쓰러워요?

더럽게 쓰고 싶었어요

아무도 허락해 주지 않았거든요

아니다 허락이라기보다는 뭐랄까……

구리다?

맞아 구리니까, 그러지 말라고. 그런 건 그냥 속엣말로 두라고.

──감상이 지나치고 감정이 질척대는데요, 조금 절제해 보심이? 사실 독자로서는 조금 부담스러워요.

절제절제절제절제절제절제절제절제절제절제절제절제절제도 많이 하면 부담스럽습니다. 그건 왜 몰라요?

금칙 같은 것들이 있죠, 예를 들면

　　　선생님 쓰지 않기

　　　설명하지 않기

　　　단언하지 않기

　　　미리 생각하지 않기

　　　정답을 제시하지 않기

　　　주어를 똑바로 잡되 '나'는 쓰지 않기

　　　시에서 시 얘기하지 않기 (구림)

　　　꿈 얘기 쓰지 않기 (사실상 치트키)

　　　　　　(비겁하고)

ㅋㅋ 웃겨 정말

지들은 다 해 놓고선

선생님,
저 선생님 믿어도 돼요?
다 말하고 싶어요
그런 다음에는……
　　　　　　　　싫어요

선생님도 모르겠죠
표정 보니까 그런 것 같아요

이거,
영원히 남는 거야

어쩌라고요
답장하지 마세요

—「창작수업」

　말로 꿈을 짓기 위해 '나'는 '창작 수업'에 간다. 그러나
A 시인의 수업 과제가 될 뻔한 '나'의 말은 말이 되지 못
한다. 그것은 "아무도 허락해 주지 않"는 말이라서가 아니
라, 그저 "구리다?"라는 의미에서 "속엣말"로 남아야 하는
종류의 말들이기 때문이다. "구리다?"의 의미와 기준은 애

매하지만 그것은 실체가 확인될 필요가 없다. "시에서 시
얘기하지 않기"가 '괄호'라는 암묵적인 합의로 표시되는
바, "(구림)"이라는 평가 속에서 더 이상의 설명을 요구하
지 않는 것처럼 말이다. 이를테면 그것은 이 강의실 안의
애도 알고 재도 아는, 따라서 나도 알아야 마땅한 "만고의
진리"(「시인의 말」)와 같은 것이다.

  그런데 박참새의 '나'가 "절제절제절제절제절제절제절
제절제절제절제절제절제절제도 많이 하면 부담스럽습니다. 그
건 왜 몰라요?"라며 금칙의 원리를 거꾸로 뒤집어 보일 때
'구리다'는 흔들리기 시작한다. 그건 '구리다'의 실체 없음
이 폭로되기 시작해서가 아니라, '구리다'가 "진리를 덮기
위한 진리"(「청강」)로서 여기 이 시 창작 수업의 질서를 지
탱하고 있다는 사실이 드러나기 때문이다. 창작 수업에 임
하는 모든 이들은 일종의 통과의례로서 '구리다'를 수호한
다. 그러나 '나'가 보기에 이 질서는 너무나 위태롭고 취약
하다. 부담의 반대를 담당한다던 절제가 갑자기 부담감을
끌고 나타나듯이, '구림'의 경우도 언제든 '안 구림'과 함께
나타날 수 있는 게 아닐까?

  생각해 보면 말은 늘 위태로운 것이지만 그 위태로움이
유난히 섬뜩하게 나타날 때가 있다. 단어의 집 내에서 자
신의 이미 죽은 삶을 연명하려는 정신들의 욕구가 강력할
때가 특히 그렇다. 이를테면 '윤리'와 '책임'과 같은 단어들
이 지시하거나 대표한다고 믿었던 특별한 에토스가 더 이

상 그것을 공유해 온 특정 집단의 관념어 안에서도 거주하길 멈추었을 때, 그럼에도 그 정신이 여전히 그 관념어의 모습으로 생존하는 척할 때 말이다. 그때 말이라는 것은 정말로 괴상한 것이 된다. 단어에 들러붙어 있는 것의 정확한 정체는 아무도 모르지만("선생님도 모르겠죠/ 표정 보니까 그런 것 같아요"), 그것은 고집스런 연명을 통해 '나'의 말에 실질적인 압력을 행하기도 하는 여전한 힘이다.("이거, 영원히 남는 거야")

　박참새는 말의 취약성과 위력을 동시에 포착한다. 이곳의 질서를 지탱하는 '윤리', '절제', '다정', '책임', '미안함', '관념어', '비/인간', '구림', '안 구림' 등의 단어 주변을 끈질기게 맴돌며 이들을 미친 듯이 변주한다. 수많은 이미지, 자연, 소설, 편지, 설치물, 연극, 고발, 사랑 고백, 험담, 명령, 소문, 전설, 이 시대, 저 시대, 새시대…… 그 어느 곳의 무엇이건 보이는 껍데기 아래에는 끝도 없이 이어지는 언어가 있다는 사실을 보여 주고, 나아가 그것들의 망각된 흔들림을 고집스럽게 펼쳐 간다. 한없이 멀끔하고 정확해 보이던 그 단어들이 '나'의 온갖 해체 쇼 위에서 픽셀 단위의 조각으로 쪼개지다가 어느 순간 우스꽝스럽고 맥없는 상태가 되어 탁, 지상의 사물로 내려앉을 때까지.

3 짜깁기된 '나'의 진실

안녕하세요, 교수님

딱히 필요한 절차는 아니지만 관계와 예의의 차원에서 메일을 드립니다. 다름이 아니라 당신의 수업을 정당하게 몰래 듣고 싶습니다. 들어서는 용기보다 발각되었을 때의 난처함이 두려워서요. 이미 두서도 없네요.

비평이란 무엇입니까? 현대란 무엇이고요?

(……)

그게 다 뭐라고……. 왜 자꾸만 주눅이 드는지. 그 풀 먹인 종이 더미가 뭐라도 되는 양 늘 죽고, 꺾이고, 반성하게 되고, 그만하게 되고, 그러다 눈이 헐고 멀어서, 당신네를 탓하게 되고, 가끔은 버럭 울화가 치밀어 올라서, 선생님 저 화병인 것 같아요, 몸에 샤프심보다 얇은 바늘 몇 개를 꽂고, 꽂아 달라고 애원하고, 그러고 아 시원하다 말하고, 다시 읽다가, 납작하게 저항하는, 굴복한 포식자처럼, 눈으로 먹을거리를 찾아다니고, 찾지 못하고, 결국 빙 돌아와서는, 원점. (저는 방금 '원점'의 원천적 개념을 설명해 버렸네요. 의도한 것은 아닌데……) 그러니 한 자리만 내어 주신다면 감사하겠습니다.

(……)

그럼 살펴보시고 알려 주세요

고맙습니다

관념어

드림

——「청강」에서

사물이 된 관념어는 강의실을 떠나지 않는다. 관념어는 관념어로 범벅된 강의를 듣는다. 그가 떠나지 않는 이유는 이곳의 질서가 여전히 강력한 힘을 발휘하기 때문이기도 하지만, 더 중요하게는 바로 저 언어의 방식대로, 바로 저것을 흉내 내며 사랑받고 인정되고 싶은 '관념어-나'의 마음과 욕망 때문이다. 따라서 여전히 누추하고 허름한 '나'의 집은 내가 멸시하고 무시했던, 그러나 때로는 한없이 흠모하느라 주눅 들기도 했던 강의실의 말을 모방하고, 빼앗고, 나아가 그것에 의존하면서 형성된다. 이는 "내가 태어나기도 전에 내가 있어서"(「펜시브」) "내가 반대하는 바로 그 입장" 역시 "이미 나를 구성하고 있는 일부분"이라는 사실, 말하자면 그것이 "나를 살아갈 수 있는 '주체'로 생산해 낸"*

---

* 주디스 버틀러, 단감 옮김, 「우연적 토대: 페미니즘과 '포스트모더니즘'이라는 문제」, 웹진 《인 무브》, 2019년 4월 1일. https://en-movement.net/231

힘이라는 고통스러운 사실을 직접 대면하지 않고서는 "나는 죽을 수도 없"(「펜시브」)다는 사실의 고백이기도 하다.

그리고 이제 이 고백은 강의실 내 모든 이가 듣지 않을 수 없다. 관념어는 "당신의 수업을 정당하게 몰래" 듣겠다고 선언하고는, 등록되지 않은 존재로서 이들의 강의실에 "몰래" 들어서고 그곳을 "정당하게" 점령하기 때문이다. 다시 말해 그는 이곳에 편재한 부코스키와 참스 부코스키, 다자이 오사무와 참새, 베케트와 돌멩이, 사르트르의 고양이, 니체, 바르트, 애트우드, 디킨슨, 김종삼, 허연, 고다르라는 이름을, 그들의 말을, 그들의 말인 적 없던 말들을 마구잡이로 빼앗고 뭉개고 뒤섞었다가 무작위로 펼쳐내며 강의실 내를 활보한다.

이같이 끊임없이 짜깁기되는 박참새의 '나'는 그 자신이 바로 말들의 경합 장소로서 출몰한다. 나아가 자신의 이 돌출을 보이거나 보이지 않게 만드는 모든 보편적 금칙 자체를 이 강의실이 다루어야 할 논쟁의 주제이자 대상으로 만든다. 박참새의 이 활보하는 고백으로부터 우리가 두려움을 느낀다면, 그것은 그가 누비는 진실이 우리에게 무언가를 보도록 강제하기 때문이다. 강의실에서 일어나고 있는 이 'Sick House Syndrome'을 "새로움의 기표"이자 "변화의 예측"(「새집증후군」)으로 읽어 내라는 것이 시집의 메시지, 시인이 줄곧 하나라고 주장하는 『정신머리』의 그 메시지인 것이다. 이는 우리의 말, 우리의 토대를 함께 뒤흔들고, '나' 자신의 장소를 바로 이곳에서 끝없이 구성해 내라는 종용이자 명령이다.

　　류와 영은 나의 친구다. 류는 사진을 찍고 영은 시를 쓴다. 우리는 약속하지 않고 자주 만나는 사이다 가끔 지나친다. 우리는 담배를 같이 피운다. 그들이 자신만의 동굴에 대해 이야기한다. 빠져나오는 방법을 알고 있느냐고 서로에게 물어본다. 올려다볼 수 있는 사람을 만나는 게 중요하다고 류가 말했고 그런 사람은 잘 없지 않느냐고 영이 말한다. 하지만 둘은 어느 정도 빠져나왔다. 나와서 나와 함께 담배를 피우고 있다. 우리는 여름과 가을 사이의 햇빛 아래에서 서 있었다. 갑자기 앉는 류가

　　나는 지금 너희 둘을 올려다보고 있어

　　그래, 올려다보며 말하는 류의 얼굴이 얼마나 빛났는지 말해 주고 싶다 햇빛이 수직으로 우리를 감싼다

　　(……)

　　내가 제일 무서운 건 가난도 아니고 공중화장실도 아니고 니네 얼마나 사랑했는지 다 못 말하고 죽을까 봐 그게 제일로 무섭다

ㄴ 이 트윗 너무 좋아요 대박임……

♡ 24 💬 3

시집의 마지막 작품인 「사랑의 신」은 강의실에서 일어
난 그 새로운 '배움'의 풍경을 보여 준다. 류와 영, 그리고
'나' 이 세 사람은 자신만의 동굴을 빠져나오는 방법에 대
해 말한다. 아무래도 "올려다볼 수 있는 사람을 만나는 게
중요하다"는 류의 대답은 일종의 격언이나 문학적 주문, 수
사학적 전략으로 뭉개질 순간을 스스로에게 허락하지 않
는다. 그것은 발설의 순간 그 자체로 진실이 되는데, 류가
그 말을 한 직후에 "나는 지금 너희 둘을 올려다보고 있
어"라고 말하기 때문이다. 스스로가 진실이라 믿는 바를
다름 아닌 '나'에게, 자기 자신에게 현시하기 위한 말, "나
는 지금 너희 둘을 올려다보고 있어"와 "그래, 올려다보며
말하는 류의 얼굴" 사이의 주저 없는 연속은 말을 통해
나 자신을 세상에 기입하고, 기입된 사실을 정확히 아는
자의 것이다. 나아가 이것은 나 자신을 바로 그 말로서 돌
보기 위해 진실을 말하는 용기의 한 형태이기도 하다.

하지만 박참새의 "학교"는 여기서 끝나지 않는다. 그는
"글쓰기의 대지"를 보편의 "대지"로 바꾸는 일이란 정말이
지 끝이 없다는 사실을, 그리고 그에 대한 "보상"이란 말
그대로 기쁨 말고는 아무것도 없는 '비천한 기쁨'이라는

사실을 시집의 끝에서 다시 한번 보여 준다. 류의 용기가 엄한 '사랑'의 의미가 되어 가는 동안, 강의실에 있던 또 다른 '나'가 튀어나와 다음과 같이 말할 때 우리가 마주하는 기쁨, 바로 그것이 학교의 의미라는 것을.

　"이 트윗 너무 좋아요 대박임⋯⋯"

지은이 **박참새**

1995년 부산에서 태어났다. 건국대학교 영어영문학과를 졸업했다.
제42회 김수영 문학상을 수상하며 작품 활동을 시작했다.

정신머리

1판 1쇄 펴냄 2023년 12월 15일
1판 8쇄 펴냄 2024년 10월 14일

지은이 박참새
발행인 박근섭, 박상준
펴낸곳 (주)민음사

출판등록 1966. 5.19. (제16-490호)
서울특별시 강남구 도산대로1길 62(신사동)
강남출판문화센터 5층 (06027)
대표전화 02-515-2000 / 팩시밀리 02-515-2007
www.minumsa.com

ISBN 978-89-374-0939-4 (04810)
     978-89-374-0802-1 (세트)

* 잘못 만들어진 책은 구입처에서 교환해 드립니다.

민음의 시
목록